LE MIROIR ÉGARÉ

DU MÊME AUTEUR
CHEZ POCKET

LA CHAMADE
LE GARDE DU CŒUR
LES MERVEILLEUX NUAGES
DANS UN MOIS, DANS UN AN
LES VIOLONS PARFOIS
UN ORAGE IMMOBILE
SARAH BERNHARDT
LA LAISSE
LE LIT DÉFAIT
UN CERTAIN SOURIRE
AIMEZ-VOUS BRAHMS..
... ET TOUTE MA SYMPATHIE
BONJOUR TRISTESSE
LE CHIEN COUCHANT
LES FAUX-FUYANTS
MUSIQUES DE SCÈNES
RÉPLIQUES
UN PIANO DANS L'HERBE
UN CHAGRIN DE PASSAGE
UN PROFIL PERDU
DES BLEUS À L'ÂME
UN PEU DE SOLEIL DANS L'EAU FROIDE

FRANÇOISE SAGAN

LE MIROIR ÉGARÉ

PLON

ISBN 2-266-07767-8

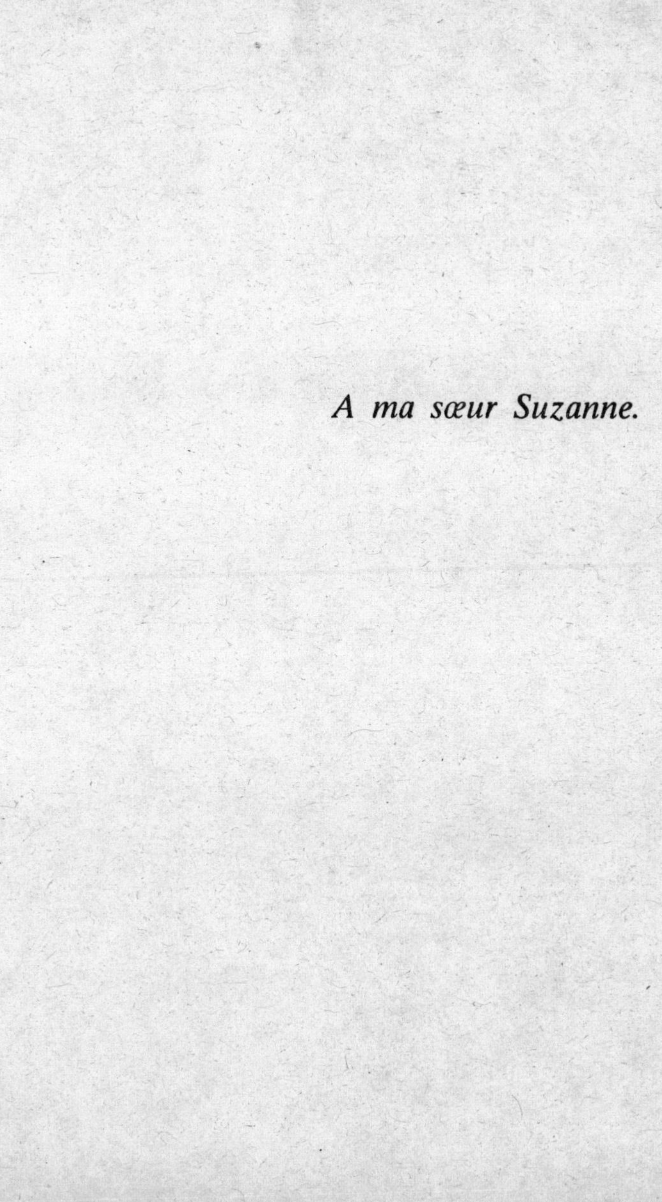

A ma sœur Suzanne.

CHAPITRE I

Cet été, à Paris, s'annonçait comme un sérieux, studieux et romanesque été du temps jadis : des matins frais et incertains, levés tôt, et, dans une odeur de campagne, de longues après-midi sous des soleils souverains et définitifs traversant un ciel bleu égyptien – un ciel de carte postale – qui attendait patiemment le soir pour redevenir parisien, c'est-à-dire pastel, effiloché, équivoque, parcouru de nuées roses et grises, identiques à celles de ses mille, dix mille, cent mille étés. Paris était redevenu, cet été-là, une ville sans âge, paisible et blanche, indépendante et luxueuse, quels que soient les aléas du tourisme. Paris était à nouveau multiple et superbe, toutes ses beautés architecturales jetées comme autant de points d'exclamation, toutes les parenthèses de ses boulevards, tous les accents aigus, graves, tous les trémas de ses feuillages, et toute la lente, et verte, et souple virgule de son fleuve retenant son défilé : cette ville, enfouie si souvent l'hiver, à présent, dans des brouillards et des silences chimiques, étrangers à la terre – à elle-même – et qui la rendaient hostile parfois à ses habitants les plus épris, Paris qui n'était plus un abri, ni une séduction, Paris qui n'était plus un rythme, Paris qui faisait peur...

Le chauffeur tourna la clé et arrêta son moteur qu'elle entendit tousser, avec mélancolie, comme tousse toujours, avant de se taire définitivement, la Traviata. La rue était vide mais agitée, car le soleil sautait de glaces en glaces, de celle du bar-tabac à celle du théâtre en face, le soleil rebondissait sur toutes les surfaces portantes de cette rue étroite, proche de l'Opéra. La rue où trônait le théâtre, leur théâtre, ce qui sans doute allait être leur théâtre, à François et à elle. Où était François, d'ailleurs ? Comment ne lui avait-il pas déjà ouvert la portière du taxi de son air triomphant, comme hier, comme avant-hier, comme tous les jours précédents, alors qu'elle-même se sentait chaque jour plus détruite ? Elle le savait bien : ce n'était jamais que la énième pièce de plus, dans une énième saison parisienne, et ce serait le énième succès ou le énième échec. Pourquoi s'y lançait-elle avec une telle terreur, une telle impression de piège ? Elle n'avait jamais été une tête brûlée, malgré les dires des uns et des autres. Son caractère comme sa réputation étaient depuis toujours outrés, renforcés par ses pommettes hautes, sa large bouche et une aisance du corps qu'expliquait une hérédité mi-poitevine, mi-tchèque. Et pourtant, ni dans son passé le plus récent, ni dans ses sottises les plus lointaines, elle n'avait usé des charmes et du tempérament slave qu'on lui reconnaissait si volontiers. François, lui si châtain, tellement châtain, du regard aux cheveux, François, avec sa peau mate, ses gestes gauches malgré l'aisance qui en émergeait finalement, François était autrement exotique...

– Alors, on ne signe plus ?

François avait ouvert sa portière et s'y pliait en deux, lui tendait la main, riant malgré lui devant l'expression effrayée de Sybil.

– Tu veux qu'on laisse tomber ? Ils sont prêts à la monter eux-mêmes, cette pièce, tu sais ? Ils prendront Lefranc comme jeune premier, un metteur en scène « efficace », et nous ne serons comme d'habitude que des adaptateurs modestes, mais tranquillement lancés, peut-être, par le succès. Si tu préfères ça, mon cœur...

Il riait mais sans rire vraiment. Son inquiétude tendre rendait supportable son charme de « tête brûlée », rendait en général romanesque, ou héroïque, son goût du risque – pour lui et ses proches – et loyale sa folie des grandeurs. D'autant qu'en même temps, il lui offrait d'y renoncer sans lui en garder rancune, et il le ferait. C'était là sa force, ou son habileté, ou sa ruse : laisser Sybil libre toujours de partager ses folies, ne jamais l'y contraindre, et ne pas lui en vouloir de les refuser. Et qu'avait-elle jamais refusé en dix ans ? Rien.

Alors pourquoi donnait-il cette image d'un homme sage et patient confronté à une femme changeante et impressionnable ? En fait, elle n'avait refusé qu'une fois : une affreuse affaire de partage de droits avec cette veuve tchèque et hystérique. Et elle avait eu bien raison à en juger par la faillite de leurs successeurs. Et pourtant... François haussait les épaules et riait avec ses amis – leurs amis – en évoquant cette affaire qu'il appelait l' « affaire de la Louve », comme il eût évoqué une de ses folies. Ah, elle ne savait plus... Elle avait l'impression d'avoir raison vis-à-vis de lui depuis dix ans, et depuis dix ans aussi, l'impression d'avoir tort d'avoir raison. C'était odieux, à force, pour quelqu'un comme elle, qui détestait juger...

Elle prit le bas de sa veste. Toujours assise dans la voiture, elle tira dessus et y appuya son visage comme pour arrêter toute discussion. Il y avait cela, aussi, entre eux : la merveilleuse absurdité de leur état amoureux, l'extravagance de sa durée, de ce qu'ils soient restés si épris, si fidèles, si dignes en quelque sorte de l'amour qu'ils s'étaient déclaré dix ans plus tôt, en toute connaissance de cause. En toute connaissance, plus exactement, de ce qu'étaient les trajectoires de l'amour ou de toute liaison amoureuse à Paris à cette époque, à leur âge et dans leur milieu. Ils avaient eu la même chance d'une enfance heureuse, d'une grande santé physique, la même passion pour le romanesque, le littéraire, et surtout le même dégoût devant la cruauté, le malheur, le masochisme. Le même élan en tout cas vers ce qui semblait disparaître avec ce siècle fatigué et fatigant mais qui en avait été le sel et le miel, et qu'ils avaient tous les deux toujours désigné sous le nom pourtant bradé de « bonheur ». Et toujours préféré à tout.

– Viens, dit la voix de François à son oreille, ils t'attendent.

Il l'avait halée hors de la voiture en la tirant par le coude, payé le taxi, et l'emmenait dans un théâtre où elle s'entendait chuchoter comme en pays ennemi :

– Pourquoi moi ?

– Parce qu'ils attendent la belle, la consciencieuse, la brillante Sybil Delrey, la traductrice actuelle du théâtre de l'Est, après l'avoir été du théâtre élisabéthain. Ils l'attendent plus impatiemment encore que François Rosset, son vieux collaborateur et amant.

Il avait gardé sa voix ordinaire, lui, pour la guider à travers le hall poussiéreux du théâtre, sur sa moquette couverte d'une ratine grise, usée, aussi, jusqu'à la corde. Il poussait une porte grinçante, trouvait un interrupteur introuvable et, la tirant par la main, la faisait presque courir dans un couloir sinistre, aussi sinistre que le reste de « leur » théâtre. Un endroit où elle devait avoir vu au moins trente pièces mais qu'elle ne connaissait pas encore dans ses profondeurs : un escalier dangereux, une rampe trop courte, un foyer asymétrique, et trop grand, où une odeur de moisi laissait mal imaginer l'atmosphère d'excitation, de plaisir, de peur et de nervosité qui y avaient pourtant régné et devaient y régner encore, certains soirs... François la tirait par le poignet, et heureusement : car elle trébuchait partout. Il marchait devant elle, tel un éclaireur dans un bizarre jeu de piste, suivait des couloirs fléchés « Loges », « Administration », « Direction », comme un habitué, lui indiquant du doigt trois dangereuses marches soulignées de blanc, ou la demi-marche fatale, ou le virage à 90° qui émaillaient leur parcours. Elle suivait...

Mais elle s'arrêta net devant leur double reflet apparu dans une glace encadrée, surchargée de boiseries, et elle s'étonna un instant devant cette grande et belle femme blonde à l'air effaré qui traînait derrière le grand homme, si dégagé, propriétaire évident, lui, et des lieux et d'elle-même. « Ce miroir était vraiment romanesque », se dit-elle, décidant, comme en toute occasion d'angoisse, de penser à autre chose. Non, pas autre chose, d'ailleurs, mais un dérivé du souci principal qu'elle abandonnait, provisoirement mais par un réel effort de l'esprit, comme on laisse choir de ses mains un objet trop chaud, ou comme on laisse sa mémoire refuser d'enregistrer une douleur ou un plaisir trop aigu. Il y avait longtemps que Sybil se détournait, autant que possible, de toute situation dite grave ou dont elle ne pouvait atténuer la gravité.

Quelque chose dans ce miroir suggérait que d'innombrables couples avaient dû s'y apercevoir, pendant la carrière aventureuse et commerciale du théâtre, depuis... près d'un siècle, que d'innombrables couples avaient dû s'y apercevoir et tenter instinctivement, comme elle, de s'en échapper.

Elle respirait mieux. Cette course-poursuite aux enfers n'avait pas dû leur prendre plus de trois minutes. Ils n'étaient ni en retard ni en avance, malgré l'agitation de François. Elle s'arrêta, lui retira son poignet et s'adossa au mur du couloir, laissant son cœur se calmer. Lui la regardait, souriant, les bras ballants, la cravate défaite, une de ses vieilles mèches sur l'œil. Il respirait, puis exhalait l'air, le sifflant entre ses dents comme un élément ennemi. Il parcourait le visage de Sybil de ses yeux brillants, vifs, presque provocants, et elle se demanda un millième de seconde s'il la connaissait le moins du monde.

– Ça va mieux ? dit-il.

Elle hocha la tête, cherchant une réponse qu'elle n'avait pas. Ils avaient décidé, délibérément, depuis six mois, au fur et à mesure qu'ils la traduisaient, de monter cette pièce eux-mêmes, comme eux-mêmes la voyaient, précisément et définitivement : ce qui voulait dire y mettre de l'argent qu'ils n'avaient pas, emprunter, prendre des risques matériels, et même moraux, nouveaux pour eux. Car ils feraient ensuite partie des gagnants ou des perdants, des doués ou des prétentieux, tels qu'une seule soirée pourrait en décider. Malgré les hasards et l'injustice de la chose, ils auraient peut-être, s'ils échouaient, à « remonter la pente ». On leur pardonnerait un échec, bien sûr : ils étaient bien vus, bien considérés, leurs efforts et leurs succès précédents d'adaptateurs avaient fait assez de bénéficiaires pour cela. Ils étaient au bon âge pour réussir à Paris. Et leur histoire d'amour, enfin, était comme le certificat final de leur bonne qualité humaine... C'est qu'il n'y avait plus, en 1990, beaucoup de noms pour attester de la validité de la vie à deux ou de l'intérêt sensible du couple. Et sur ce plan, ils ne risquaient rien. Le succès les traînerait un peu plus dans le velouté initial de leur existence, un échec leur permettrait de faire preuve d'humour et de solidarité, deux qualités que leurs meilleurs amis eux-mêmes n'auraient pas songé à leur dénier.

Sybil se mit à rire, ouvrit son sac, en tira son poudrier et se jeta un coup d'œil rapide, sévère, tapotant un point brillant sur sa joue et son menton, puis serra ses lèvres l'une contre l'autre, presque cruellement. Elle remit ses fards dans son sac et, en relevant les yeux vers le miroir, elle se demanda un instant quel rapport pouvait exister entre le reflet exigu et quotidien, la photo d'identité muette qu'elle venait de corriger dans son poudrier, et cette autre femme là-bas, en pied, équivoque et inclassable, dans le grand miroir trop orné. Elle s'étonna aussi de voir quelqu'un d'autre se glisser dans ce miroir, un homme qu'elle cachait ou qui se cachait derrière elle, un homme avec une mèche de cheveux soulignée par la lumière jaunâtre du couloir, et qui, se ployant légèrement sur son dos, venait appuyer son front contre son épaule. Elle ne reconnut précisément la tête et le front de François qu'à l'instant où leurs peaux se touchèrent.

Il la tenait dans ses bras à présent, il croisait ses bras de chaque côté d'elle, puis ses mains autour de sa taille, mais il avait relevé la tête et il regardait, lui aussi, comme un couple d'étrangers, leur reflet dans ce miroir affamé. Le tailleur de Sybil, beige sur un chemisier plus foncé, faisait ressortir le hâle de son visage, acquis lors d'une récente et modeste semaine en Touraine. Ses cheveux blonds brillaient dans la demi-obscurité, et de son propre corps indécis semblait émerger et naître celui de cet homme aux cheveux et aux yeux couleur de rouille, aux poignets maigres d'adolescent où s'accrochaient les deux grandes mains plaquées sur le tailleur froissé de Sybil. « Ils avaient l'air d'un couple en goguette, un couple 1900 », se dit-elle très vite, avec une sorte d'énergie et de dérision, avec un petit rire même, qui les eût peut-être remis en route si cette lumière de maison de passe ne s'était pas subitement éteinte, les laissant dans le noir, les laissant surtout face à une image singulière, troublante, mais comme cramponnée à leur rétine. Une apparition irréelle de grand-guignol dont elle ne savait plus que penser mais qui n'avait pas produit la même réaction sur François, puisqu'il l'avait, l'instant suivant, retournée contre lui et que, la coinçant entre ses jambes, il la dirigeait à petits pas, dans l'obscurité, vers le dernier tournant de ce couloir infernal où elle se rappela, avant qu'il ne l'y renversât, avoir aperçu un rocking-chair d'été lui aussi tout à fait égaré. « Ah mais oui !... Le théâtre avait joué une pièce d'Oscar Wilde... *L'Importance d'être constant*, c'était ça ! » se rappela-t-elle, tandis que son amant haletait contre elle, et qu'elle se laissait aller, entraînée mais rassurée.

CHAPITRE II

Henri Berthomieux était le type même du vieux beau de théâtre, d'avant n'importe quelle guerre. Les cheveux plaqués, l'œil allongé d'un fard équivoque qui sous-entendait des mœurs qu'il n'avait pas, la bouche petite, un peu trop dessinée sur des dents trop égales et trop brillantes, il avait un air moins démodé que « distrait » sur la mode, ce qui pouvait tromper car il s'en préoccupait beaucoup.

Cela faisait plus de vingt ans qu'il se disait gérant du Théâtre de l'Opéra, alors qu'il en était le propriétaire, vingt ans que, caché derrière ce fantôme, il y reprenait des pièces sans grand intérêt, mais au succès honorable, ou le louait à des troupes de province, bref, cela faisait vingt ans qu'il gérait ce théâtre comme une entreprise ordinaire. Cela n'avait pas suffi, néanmoins, puisqu'il avait dû prendre pour l'assister une cogérante, codirectrice ou copropriétaire, on ne savait plus, sinon, en termes plus clairs, qu'il avait dû en vendre la moitié à une femme assez fortunée pour se l'offrir. Cette nouvelle venue ne l'était pas vraiment à Paris où elle avait été actrice, vingt à trente ans plus tôt, mais dans des rôles qui n'avaient pas suffisamment frappé les mémoires. On ne se la rappelait pas. On savait juste qu'elle était veuve d'un industriel richissime de Dortmund, et qu'elle faisait son retour à Paris, après un long et fructueux exil. Bien que personne, donc, n'en gardât le moindre souvenir, tout le monde connaissait le nom de Mouna Vogel, que Sybil et François étaient amusés de rencontrer.

Elle n'était pas encore dans le bureau – le salon, plutôt – où les attendait Berthomieux, quand ils y parvinrent enfin. Une fois introduits dans la pièce éclairée par des appliques de grand prix, visiblement apportées par cette femme, Sybil avait vérifié d'un coup d'œil son aspect et celui de son compagnon dans la glace, paisible, celle-ci, au-dessus de la cheminée, et elle s'était étonnée une fois de plus de cette tranquillité, cette neutralité presque, que dégageait un couple très récemment comblé ; elle s'était étonnée du calme qui suivait toujours les violences du plaisir, et de l'impossibilité d'en trouver les traces sur le visage de ses acteurs.

Berthomieux les faisait asseoir et, était-ce l'endroit ou les circonstances, en arrivait à se caricaturer lui-même. Il rajoutait à son personnage habituel des expressions ou des mouvements qui, en d'autres circonstances, auraient fait rire Sybil, mais là il ne s'adressait qu'à François qui détournait les yeux. Elle se sentait trop vague, trop parfaitement bien, trop parfaitement coupée des histoires bancaires qui allaient forcément débarquer dans ce bureau, elle se sentait trop poétique, bien entendu. Pourquoi irait-elle se mêler des modalités de cette affaire, elle qui s'était bornée à découvrir la pièce par hasard dans une revue tchèque et à l'aimer passionnément, à faire partager cette passion à

François, à chercher et connaître l'auteur de cette pièce, puis, à la mort prématurée de celui-ci, toujours avec l'aide de François, à la traduire aussi fidèlement qu'il lui était possible de le faire. « C'était ça l'important », se dit-elle dans un moment de romantisme qu'elle attribua à cet arrêt impromptu dans le couloir, mais qui, en effet, était avant tout lyrique. L'important c'était cette pièce, cet inconnu mort dans une demi-solitude au cœur d'un sanatorium sinistre, cet inconnu dont elle allait tenter de révéler le talent, le désespoir et l'humour à un public plus ou moins attentif.

– Notre chère Mouna s'excuse, mais elle aura dix minutes de retard, disait Berthomieux; et il se frottait les mains, sans qu'on puisse savoir s'il était irrité ou ravi de ce retard.

... Nous pouvons commencer sans elle, bien sûr, continua-t-il, et quelque chose de méprisant et de désinvolte dans sa voix indiquait que le partage de ses pouvoirs ne l'enchantait pas.

François réagit aussitôt.

– Nous avons tout notre temps ; et ce ne serait pas très aimable, si ? Je n'ai pas eu le privilège de rencontrer encore Mme Vogel, mais autant commencer la discussion en sa présence !

– Si vous voulez, si vous voulez..., dit Berthomieux avec un rire indulgent et sans gaieté. Et Sybil s'étonna une fois de plus de la rapidité avec laquelle on pouvait se faire des amis ou des ennemis à Paris : Berthomieux était furieux d'attendre cette malheureuse qui, retrouvant Paris après dix ans d'Autriche et s'y introduisant à coups de marks, ne pouvait s'y sentir tellement à l'aise. Instinctivement, elle en devint sympathique à Sybil par un de ces réflexes indéracinables, et parfois mal inspirés, qui la poussaient vers les personnages en déséquilibre. Quelqu'un toussait d'ailleurs, derrière la porte, comme quelqu'un qui n'aurait pas osé frapper, et Berthomieux poussa un cri de joie en voyant entrer la fameuse Mouna.

Mouna Vogel était une femme que l'on dit bien conservée dès l'âge de trente ans, une femme délicate et myope qui se trompait dans ses présentations et remerciait trop longuement ses invités au moment de leur départ, une de ces femmes apparemment piétinées par le monde entier, mais, finalement, toujours protégées à fond par un homme et généralement un homme tout-puissant. Il y avait du charme dans ses cheveux si doux, dans ses grands yeux presque mauves et cette bouche trop bien dessinée et un peu tremblante. Sybil ne s'attarda pas sur le collier de perles ni sur les deux bagues accrochées à des mains plus vieilles que le visage. Le tout était superbe. Et elle-même qui n'y connaissait pas grand-chose en bijoux reconnaissait la qualité de ceux-ci comme n'importe quelle femme de bien des milieux eût pu le faire.

– Mouna, ma chérie, voici Sybil, dont tu aimes tant le travail, et voici François qui l'aide et qui n'a pas voulu commencer sans toi !

Il y avait six ans que François et Sybil travaillaient ensemble, qu'ils traduisaient et adaptaient ensemble les pièces qu'on leur demandait ou qu'il leur plaisait d'attaquer, mais il avait suffi, l'an dernier, de quelques reportages dans des revues féminines à grand tirage, style « Les femmes au travail », par exemple, qui développaient la nouvelle découverte selon laquelle on pouvait être élégante et travailler de sa tête, il avait suffi de quelques articles en ce sens pour que le nom de Sybil effaçât celui de François dans les journaux et leurs commentaires. L'indifférence de François sur ce sujet exaspérait Sybil et elle ouvrit la bouche pour rectifier, mais trop tard : François se penchait déjà vers Mouna :

– J'espère qu'un jour vous apprécierez aussi mon travail, dit-il en souriant.

Il lui avait pris la main et la baisait légèrement, comme dans une pièce 1900. Mouna afficha un sourire comblé que chacun imita, avant de se laisser glisser dans son fauteuil, l'air détendu, secouant même la tête devant elle comme si elle avait eu trop de cheveux – « ce qui, nota Sybil, n'était pas le cas ».

– Voyons, j'ai à peine eu le temps de la lire, mais j'ai adoré votre pièce..., commença Mouna d'une voix de tête qui les fit sursauter.

Cette intonation superficielle ne se démentit pas une heure durant. Et c'est sans avoir évoqué plus de dix minutes la pièce en question qu'ils se quittèrent, en s'assurant les uns les autres de leur bonne volonté et de leur avenir commun.

Et surtout, et surtout, de ce que, n'ayant pas le moins du monde les mêmes idées sur la mise en scène et l'interprétation, le Théâtre de l'Opéra se bornerait à louer ses murs, ses techniciens, bref, son théâtre en état de marche à Sybil et François pour la prochaine saison – ce qui leur laissait un million de dettes au départ. La seule consolation pratique pour Sybil fut une deuxième porte dans ce bureau, grâce à laquelle ils se retrouvèrent pratiquement dans l'entrée du théâtre, mais de l'autre côté, sans le moindre couloir ni le moindre obstacle à parcourir. Et comme Sybil s'en étonnait, Berthomieux s'esclaffa :

– Ne me dites pas que vous êtes venus par le « Tunnel » ! Il n'y a plus une personne à Paris qui passe par ces dédales... !

François, responsable involontaire, la

regarda en haussant les sourcils, et elle eut un instant de doute, une fois de plus, sur son innocence. D'autre part, il n'avait pas besoin... D'autre part, il voulait la rassurer... D'autre part, elle-même ne connaissait pas ce théâtre... D'autre part... comme toujours mille « d'autre part » suivaient les actions de François.

CHAPITRE III

Ils avaient échangé pas mal de lieux communs pendant ces soixante minutes, les uns et les autres, et les plus étincelants étaient sûrement ceux de Mouna Vogel; Berthomieux donnait un grand dîner, la semaine suivante, pour fêter le retour de celle-ci dans le Tout-Paris théâtral et mondain, lequel Tout-Paris n'allait pas être déçu. Elle disposait d'un attirail de bons sentiments, d'évidences, de convictions et de naïvetés devenu rarissime. Elle leur raconta, les larmes aux yeux, la souffrance que lui avait infligée le conformisme théâtral qui régnait à Dortmund, industrielle cité de la Ruhr où son mari avait fait fortune, « grâce à une histoire de roulements à billes, mon pauvre chou, auxquels je n'ai jamais rien compris, je dois le dire... Mais d'ailleurs, Helmut n'y tenait pas ». Elle se félicitait de n'avoir cédé que plus tard aux charmes de Paris et de ce théâtre et de n'y avoir pas fait son retour sur-le-champ, ce qui l'eût contrainte à laisser Helmut seul le week-end, au milieu de ses usines. Car « On ne peut pas être à la fois une vraie femme et une vraie actrice, n'est-ce pas ? », question qu'elle posait avec une vraie désolation à Berthomieux – qui trépignait des yeux à force de rage –, à Sybil – qui rougissait sous l'envie de rire –, et à François qui – ô miracle ! – était la statue même de l'approbation : « Comme elle avait eu raison ! Comme elle s'était montrée humaine ! » Sybil en était gênée, bien que très souvent les impatiences de François, son esprit critique, ses agacements intellectuels ou sa réelle culture l'eussent amené à des extrémités et à des violences regrettables pour eux deux. Il avait des accès de fureur contre ce qu'il nommait « la racaille » : les crétins, les ambitieux, les ignares et les prétentieux que les mœurs actuelles, une certaine dépravation de l'intelligence et le règne abêtissant de la télévision surtout mettaient au pouvoir. Sybil aurait donc dû se féliciter de sa patience présente alors qu'elle s'inquiétait plus généralement du contraire car François ne céderait jamais au bagout obstiné de la réussite, de l'audience. Il s'était révolté à voix haute pendant trop d'années ; et même s'il leur avait assuré ainsi une existence relativement instable, ils avaient néanmoins une vie délicieuse puisqu'ils connaissaient, à travers de très bons amis, tous les privilèges de l'aisance – dont ni l'un ni l'autre ne se souciait vraiment. Bien sûr, à part la maison de Montparnasse, achetée par miracle dix ans plus tôt et achevée de payer depuis peu, à part les quelques droits d'auteur revenus de l'étranger sur leurs traductions respectives et communes, à part une mensualité minime gagnée par François chez un éditeur de poésie, qui appréciait ses compétences et sa passion, à part son salaire à elle dans une revue francophone à gros tirage, revue à la fois pratique et moralisatrice pour femmes désœuvrées, et à part son propre salaire, à part donc ces accumulations de petits revenus, ils ne gagnaient pas grand-chose – même si l'oncle Émile, le mystérieux et misogyne parent de François, envoyait de temps en temps un chèque à son unique neveu, même si les riches amis de François et Sybil redoublaient pour eux de gentillesse passionnée. Même s'ils étaient invités partout et souvent, ils avaient passé l'âge d'être les sigisbées d'un milieu ou d'un autre : il leur faudrait bien, un jour, assumer leur âge d'adulte, ne pas l'oublier trop longtemps dans une insouciance que toute leur époque dénonçait comme dangereuse (en plus de coupable).

En ce moment même, elle roulait vers sa maison dans la voiture de Mouna Vogel, qui sentait le cuir et le bois de rose, et dans laquelle leur nouvelle connaissance avait insisté pour la raccompagner, peinée de ce qu'ils n'aient pas un instrument de transport privé : « Je ne sais pas comment vous faites ! » Et avec la menace d'un index ganté : « Nous allons parler entre femmes », elles avaient filé, laissant les deux hommes sur le trottoir, l'air également las. « Boulevard Montparnasse ! » avait répété Mouna

Vogel à son chauffeur; puis, se rejetant en arrière avec volupté sur ses coussins : « Boulevard Montparnasse... Mais j'allais faire la fête, moi là-bas, je m'en souviens très bien... ! » Et elle soupirait de satisfaction, hochait la tête, saluant encore ou l'entrain de cette fête, ou la vigueur de sa mémoire. Elle ne pouvait apparemment pas s'empêcher de mimer toutes ses paroles, et cela lui donnait un air parfois bizarre.

– Il paraît qu'on ne sait plus faire la fête maintenant... Cette nouvelle génération ne saurait plus s'amuser..., continuait Mouna Vogel avec désolation – les pauvres... le chômage ! Le sida ! Ah, on n'a pas envie d'avoir vingt ans, de nos jours !

– Moi si, dit Sybil ; de temps en temps, j'aimerais bien.

La sincérité de la réplique laissa Mouna un instant sans réponse, et Sybil enchaîna :

– Pour ne pas avoir l'air de les envier, on dit toujours qu'on regrette nos propres vingt ans mais qu'on dédaigne les leurs. Ça me paraît un peu facile.

– Mais vous avez raison !... Tout à fait

raison ! (Mouna en tout cas n'était pas têtue.) L'autre jour, une de mes vieilles amies m'a dit : « Moi, ça m'est égal, je me sens l'âge de mes artères ! » Ça m'a fait une peine pour elle ! C'est vrai, reprit-elle en hochant la tête, on ne dit pas ça aux gens qui... que... qui vous connaissent... vous et votre âge.

Sybil se mit à rire : passé l'agacement que lui causait une productrice richissime en refusant de mettre quelques francs au dernier moment dans leur aventure, ce qui les contraindrait à des tours de force renouvelés, elle la trouvait plutôt sympathique. Paris n'avait pas encore endurci cette petite figurine de cinéma.

– C'est bien dommage que vous ne travailliez pas avec nous, dit-elle avec plus de gentillesse que de conviction, car elle ne croyait pas aux prudents-généreux. Et elle s'étonna de la subite agitation de sa compagne.

– Vous savez, Sybil... je peux vous appeler Sybil... ? Avec un *l* ou deux ? Qu'importe ! Vous savez, Sybil, il ne tient qu'à vous... C'est à vous que ce malheureux garçon tchèque avait confié ses droits, non ? En dehors du metteur en scène ou de l'acteur, il y a un autre sens, aussi, qui... que... dont on pourrait parler. Demandez à Berthomieux, il sait mieux parler que moi de ces choses-là (j'en ai perdu l'habitude, à Dortmund : de penser, aussi), parlez-en à François, tenez. C'est encore mieux. François saura ce que je veux dire ! Si, si, si... Les gens veulent des noms, ma chérie, ou ils veulent rire. Si, si, si, demandez à François, acheva-t-elle d'une voix puérile et confiante tout en lui tapotant la main de plus en plus vigoureusement, comme si Sybil eût été au bord de la syncope.

Déjà le chauffeur ouvrait la portière. Ils étaient arrivés à destination et Sybil descendit, l'esprit confus, en marmonnant quelques « merci » vers Mouna qui lui envoya des baisers à travers la vitre, l'air ravi – jusqu'à ce que sa voiture eût disparu.

La maison de Sybil et François, à mi-hauteur du boulevard Montparnasse, était séparée du trottoir par un autre immeuble.

Une fois passée cette arche, on se retrouvait devant un petit pré râpé, où somnolaient, comme posées dessus par hasard, deux maisons de province, l'une vide et fermée depuis toujours, et, juste derrière, la leur. Elle leur avait semblé trop grande l'année de leur rencontre, lorsque François l'avait louée, et même plus tard quand ils l'avaient achetée. Ce n'était alors qu'une pièce autour d'un lit, une seule pièce où l'amour avait additionné l'attente, la hâte, la fougue, la mauvaise conscience et le plaisir, une grande chambre aux volets éternellement clos, entourée d'autres pièces anonymes, sans lumière et sans rôle. Puis peu à peu, à mesure qu'ils se libéraient l'un et l'autre pour partager leur vie, à mesure qu'ils s'aimaient vraiment, les volets avaient été ouverts et les autres pièces s'étaient révélées utiles : pour les vêtements, les valises, une baignoire et, finalement, une cuisine et une machine à écrire. Mais même s'ils disposaient à présent de pièces pour « les autres », où l'on pouvait déplier un canapé et faire un lit, c'était leur chambre d'autrefois – le point de départ de leur histoire, de leurs premiers incendies – qui était restée la maison. Et quand ils entendaient le mot « logis », chacun voyait automatiquement – sans même que l'autre le sache – chacun s'imaginait dans la pénombre, le lit d'autrefois, très bas, sans sommier, et une chaise de cuisine où s'entremêlaient des vêtements jetés à la hâte.

C'est dans cette chambre, sur ce matelas à présent partie intégrante d'un lit de bois clair, assorti aux étagères et à la commode, que vint s'allonger Sybil. En face d'elle, de chaque côté de la porte-fenêtre ouverte sur la pelouse, étaient accrochés deux paysages d'un peintre inconnu, aux couleurs délavées, mais « dont la nuance adoucissait encore les yeux de Sybil », prétendait François. Un fauteuil de notaire, une table basse du côté de François (où s'accumulaient des disques, des cassettes et sa machine à écrire), et une petite table pliante sous une plante, dans un coin, complétaient le mobilier. Puis, sur un autre mur, trois tableaux mi-abstraits, mi-figuratifs, mais dont la couleur orange, la même que les rideaux, donnait à la pièce, en cas de soleil, une sorte d'illumination et de chaleur dont Sybil profitait l'été. Seulement, pour obtenir ce soleil, il fallait passer par l'hiver, par toutes les tribulations, le travail et les peurs que ce texte leur avait posés et allait leur poser. C'était un texte si beau, si triste aussi dans sa beauté, qu'elle se sentait d'autant moins le droit de le manquer. L'auteur, un jeune Tchèque déjà malade lorsqu'elle l'avait rencontré à Paris, lui en avait confié les droits par lettre, avant de mourir dans une misère noire. Et elle s'en sentait aussi solidaire que responsable. Il avait eu une petite passion pour elle, cet Anton... « Une grande ! » prétendait François, mais François était décidé à croire tous les hommes amoureux d'elle – ce qui était réconfortant pour une femme... et l'eût été encore plus s'il ne l'avait pas crue, aussi, tout à fait insensible à d'autres mots d'amour que les siens.

La maison était dans une belle pagaille. Sybil n'avait pas eu le temps d'y passer dans la journée et d'y ranger les distractions de François. Elle jeta un coup d'œil dans la grande pièce où elle ne se rappelait pas avoir invité dix louveteaux ivres morts, bien que ce fût pourtant l'effet qu'elle donnât. Dans le bureau, des papiers traînaient ; la traduction de la fameuse pièce dont elle et François avaient bien dû effectuer six brouillons à eux deux. Et dans un coin, prêt à être restitué à son propriétaire, l'ordinateur dont François avait voulu faire l'essai et dont il n'avait pas pu se servir. Sa forme d'esprit ne se pliait pas à celle de la machine.

Ni à beaucoup d'autres, d'ailleurs. Sybil rangea comme elle put le champ de bataille, prit un bain et se laissa tomber sur le grand lit de bois blond. François allait sûrement rôder, seul dans la ville ; c'était sa manière à lui de résoudre les problèmes urgents – car il en avait un avec ce fameux budget de *L'Averse*. Elle tendit la main, attrapa sur la table de nuit le manuscrit si souvent ouvert et fermé, le même qui traînait sur celle de François. Très vite, elle subit le charme de Serge, le héros d'Anton, le mal-aimé, le trop aimant...

Vers dix heures, François la trouva endormie dans le lit, ce qui prouvait qu'elle ne voulait plus sortir, et il prit mille précautions pour ne pas la réveiller. Il resta un long moment dans la nuit, les yeux ouverts. Il n'avait pas voulu fermer les volets à fond par crainte du bruit, et les baies striées par le réverbère rayaient le visage et les épaules de Sybil. Il la regardait, il examinait l'ovale de ses joues, la longueur de son cou souligné par la lumière, il respirait l'odeur de ses cheveux : il l'aimait. C'était étonnant d'aimer quelqu'un aussi longuement, aussi sûrement, aussi pieusement, même. Mais peut-être tout le monde en était-il capable ? Peut-être même cette Mouna... ? Avait-elle vraiment éteint le couloir tout à l'heure, quand il avait renversé Sybil sur le rocking-chair ? Il aurait juré l'avoir vue, au loin, derrière son épaule... Mais pourquoi aurait-elle rallumé ensuite ? Drôle de personne, quand même, cette théâtreuse, retour de Westphalie...

– Tu ne m'avais pas dit qu'elle était aussi extravagante, disait Sybil.

Elle était assise sur le lit, le lendemain matin. Elle jetait des coups d'œil amusés vers François qui, visiblement, avait la gueule de bois. Il passait la main sur ses joues mal rasées, il bâillait toutes les minutes et jetait des yeux dégoûtés sur un thé noir, qu'il avait pourtant confectionné lui-même. Il le faisait tourner dans sa tasse, fermait les yeux et l'avalait d'un coup, comme une potion.

– Mais tu la connaissais, ou pas ?

– Non, je l'ai aperçue une fois, avec Berthomieux, la semaine dernière... mais je voulais que tu la découvres toi-même. Tu as beaucoup plus d'intuition que moi, ajouta-t-il aussitôt, et Sybil se mit à rire.

– Ne te défends pas. Je ne pensais pas à en être jalouse.

– Pourquoi ? Elle te paraît si vieille ?

– Non, mais si loin d'ici, si hors du temps, si peu concernée par la vie... enfin par notre forme de vie... Si peu « croyable », voilà !

– C'est vrai, oui..., dit-il après une longue, très longue seconde de réflexion qui parut inutile et cocasse à Sybil.

« En fait, se disait-il, personne ne paraît

croyable à personne, avant de coucher avec tout le monde. Personne n'est croyable. Sauf bien sûr à l'âge ingrat du désir, quand la famine de la puberté nous fait croire à tout ce que l'on désire. » Et il éprouvait une sorte de soulagement à se le dire. Pour un homme qui n'aimait pas une femme telle que Sybil, ou qui ne la désirait pas, la vie devait devenir une sorte de rêve racoleur et obscène... Cette Mouna lui faisait un drôle d'effet. Par quel hasard lui avait-il été présenté à un déjeuner de presse, et pourquoi Sybil était-elle en Touraine, ce jour-là ? Pourquoi, depuis, se livrait-il à cette comédie 1930 avec Berthomieux et à ce faux flirt avec une ex-star ? (Pas mal, cette Mouna... Bien faite, si soignée, si appliquée en tout. Tout ce qu'il avait détesté. Mais qui, au fond, chez une femme autoritaire et si riche avait le don de l'exciter.) Une sotte par ailleurs : elle lui avait bien proposé de prendre la moitié de la pièce en participation, quand elle l'avait lue... Que lui était-il arrivé ? Ce n'était pas un sursaut de son jugement : elle n'en avait aucun. Elle le lui avait dit d'emblée. Non, c'était Berthomieux qui lui avait parlé des difficultés que susciterait la pièce. Et ça, il y en avait ! Ou alors il revenait à son intuition de la veille : elle les avait vus, dans le couloir du théâtre, dans le rocking-chair : et c'est ce qui l'avait fait éteindre brutalement, puis rallumer... C'était ce qui l'avait fait arriver quelques minutes après, avec ce curieux visage... Il savait pourtant par Berthomieux, qui était l'un des hommes qui la connaissaient le mieux (ou dont elle le laissait entendre), qu'elle avait connu la joyeuse vie parisienne... Ce ne serait pas la première fois qu'il tromperait Sybil, mais ce serait la première fois qu'il le ferait avec quelqu'un qui aurait eu quelques rapports avec leurs plans, leurs buts. De toutes façons, Sybil n'avait jamais jusqu'ici rien su de ses liaisons. Il est vrai qu'il ne s'en vantait pas et qu'il n'y avait pas de quoi s'en vanter. Elle n'imaginait même pas qu'il puisse la tromper. Et si ce refus attendrissant agaçait François, il le trouvait bien commode. Et juste. Était-ce tromper quelqu'un, finalement, que ces accès un peu pervers de lèse-solitude ? D'autant qu'il ne recommençait jamais avec la même plus de deux ou trois fois. Et tout à coup, l'idée de Mouna, de leur proximité à l'intérieur de ce théâtre, de leur affrontement possible dans ce théâtre, lui mit la sueur aux tempes : il eut l'intuition qu'il devait se tirer au plus vite de cette histoire. Mais François n'était pas un homme d'intuition, de destin et de superstition. La vie était déjà assez rude et arbitraire sans se passer des rubans prémonitoires de victime à son propre cou.

CHAPITRE IV

François était rentré tard. Elle l'avait entendu chantonner tout bas, dans le noir, et elle savait qu'il aurait à se soigner une gueule de bois. Elle voyait sa nuque maigre, à l'autre bout du lit, l'arête tendue de sa mâchoire, les cernes bleu pâle sous ses yeux et les cils fichés au bout de leur paupière, comme des essuie-glaces, épais, longs et parallèles aux joues. Elle voyait la barbe émerger de la peau et la longue main dont un ongle s'était cassé, hier, dans le rocking-chair, et qu'il avait cachée pendant l'entrevue au théâtre. Cette longue main qui le vieillissait curieusement, comme la vieillissaient les mains de Mouna. Et comme la sienne propre, après tout, peut-être ? Elle jeta un coup d'œil : mais non, sa main était pleine, élancée et lisse d'aspect. Sybil avait cinq ans de moins que François et c'était ces cinq années-là qui s'attaquaient aux mains. Les rides autour du nez venaient juste avant. Il y avait trois années qu'elle les avait vues se dessiner au bas de son propre visage, encadrant sa bouche de deux parenthèses qui dénonçaient un nombre considérable de rires ou de baisers, ou de larmes retenues, ou d'amabilités forcées... Elles étaient là, maintenant, ces rides, dans la laideur et le charme de leur histoire et de son propre passé, dans la force inexorable du temps – et dans la vulnérabilité des humains à son implacable assiduité.

François était réveillé. Il ouvrait les yeux, lui souriait vaguement, refermait les yeux, et malgré elle, elle s'entendait demander : « Alors, qu'est-ce qu'on va faire ? » Elle le couvait d'un regard sage et tendre mais curieux... comme incrédule ! Et s'il lui disait : « On renonce. On va renoncer parce que le théâtre ne marche pas, sauf s'il fait rire. Parce que les gens sont trop fatigués et trop déprimés pour s'intéresser aux variations psychologiques d'un jeune Tchèque inconnu, même s'il est doué à l'excès. Parce qu'en plus, ce Tchèque est mort, et qu'on ne pourra pas le montrer à la télévision, ce qui rendra les choses encore plus difficiles. Ou alors, il faudrait que le plus grand metteur en scène de notre siècle s'empare de cette pièce en poussant des clameurs d'admiration, et qu'on le croie... Mais quel serait-il ? Aurait-il la passion voulue ? etc. »

– Je ne sais pas pourquoi... j'avais l'impression que c'était pratiquement fait, dit-elle, songeuse.

Elle essayait de s'attribuer sa propre déception ; mais c'est à lui qu'elle la devait, à lui et au petit intérêt provisoire qu'avait semblé porter Mouna à la pièce, à ses promesses trop rapides pour être sincères. Il s'était trompé, ou Mouna l'avait trompé, mais il s'en voulait à lui-même plus qu'à Mouna. Tout le monde savait qu'il fallait une signature, au théâtre, et une date.

– C'est dommage, vraiment, dit Sybil, mais sans la moindre rancune pour sa crédulité à lui, et il s'en voulut alors, et fut pris de colère. Oui, c'était dommage : pour une fois, au lieu de partager avec l'auteur, les représentants de l'auteur et autres comparses, les droits de la pièce, ils les auraient touchés, ils les auraient gagnés ces 12 pour cent qu'ils méritaient ; et s'ils avaient eu du succès, la vie aurait été plus détendue. Et c'était ce à quoi Sybil avait droit, après tout, après ces années de travail et quasiment d'esclavage avec des vampires. Il fulminait. Qu'elle ne soit pas cupide, ni facile, n'incluait pas qu'elle soit contrainte à faire, toujours, attention à tout... Ils étaient plus gênés que tous leurs amis, et c'était sa faute, à lui, François. C'était les hommes qui donnaient sa nuance sociale à un couple, il l'avait toujours su.

Car c'était bien joli de jouer les intellectuels honnêtes et les perdants délibérés, en ces jours-là, mais encore fallait-il être sûr d'avoir le choix ; et qu'on aurait été capable aussi d'être l'un de ces gagnants vulgaires et un peu tricheurs, aidés par une chance qu'on prétendait mépriser. Si médiocre que puisse être un succès, encore fallait-il l'obtenir... Il n'aurait pas aimé signer certains textes ni certaines mises en scène, mais il aurait bien aimé en donner les droits matériels à Sybil. François ne pensait jamais à l'avenir, il n'imaginait pas qu'il puisse vieillir ; mais jusqu'à quel point Sybil, elle, n'y pensait-elle pas ? Et même s'il était sûr de mourir avant elle, que ferait-elle alors, sans lui et sans un franc ?

Elle avait repris trois fois sa traduction de *L'Averse*, de son « legs ». Elle avait été ravie quand il lui avait annoncé, comme un crétin, que le théâtre de Mouna allait la prendre ! Et peut-être y avait-elle vu un des premiers hourras du destin à son égard... Non, tout ça n'était pas bien. Il allait demander des comptes à cette changeante Mouna, ou la persuader. S'il avait été habillé, prêt à sortir, et s'il avait jamais porté un chapeau, il aurait saisi celui-ci et serait parti à grands pas pour le Théâtre de l'Opéra. Pourquoi lui venait-il toujours des images puériles pour illustrer ses plans les plus sérieux ?

L'absence de Sybil partie pour son journal lui permit de faire les poches de ses propres costumes et d'y retrouver un billet de cent francs qui lui suffirait, même s'il lui parut sur le coup misérable : il n'avait plus un chèque sur son chéquier ! Non ! Il ne pouvait plus vivre ainsi, à la merci d'une poche ! se dit-il. Il allait voir Mouna Vogel. En temps ordinaire, il n'aurait pas insisté, mais là, il en avait assez ; même si c'était inutile, il allait demander des comptes à cette femme, des comptes, des remboursements pour cause d'espoir déçu. C'était tout, mais c'était beaucoup.

Mouna Vogel n'était pas au théâtre, mais, bien entendu, sur liste rouge comme tout le monde, semblait-il, à Paris. Par miracle, elle lui avait donné son numéro privé lors de leur première entrevue et, deuxième miracle, il l'avait noté. « D'après ce numéro, elle doit habiter le quartier », se dit-il, et il consulta sa montre : dix heures trente était une heure convenable pour une femme qui se piquait de diriger un théâtre parisien. Il n'y avait plus que les femmes du monde pour dormir jusqu'à midi, et encore : les fêtardes. Les gens se levaient de plus en plus tôt pour faire des choses de plus en plus inutiles. Cela étant, il hésita devant le cadran. Qu'allait-il lui dire ? La vanité de ce coup de téléphone ou de cette entrevue, une fois passé son accès d'indignation attendrie sur Sybil, lui apparaissait dans toute son évidence. Au comptoir, il prit avec le patron quelques vins blancs qui l'égayèrent.

Il avait déjà décommandé un rendez-vous avec son éditeur, il ne pouvait pas ne plus téléphoner. C'était une question d'honneur. Car ce n'était pas son travail qu'il défendait (lui-même ne parlait pas un mot de tchèque, il s'était borné à réécrire avec elle des morceaux de la pièce en français). C'était Sybil qui avait tout fait. Par ailleurs, on pouvait tout demander pour quelqu'un d'autre sans jamais s'humilier. Si ç'avait été lui, il ne se serait jamais attaqué à un sujet aussi grave : il trouvait la pièce très belle, il l'admirait autant que Sybil, mais il connaissait son temps et les diktats de ce temps. Enfin ceux des dernières années...

Une discussion politique avec son voisin de bistrot l'amena jusqu'à midi, et c'est alors qu'il appela Mouna Vogel. Elle riait beaucoup en lui répondant :

– Allô ?... Non, ce n'est pas vous !... C'est impossible, François... pardon.. monsieur Rosset...

– Appelez-moi François !

– Si vous m'appelez Mouna, alors.

Ce marivaudage n'était vraiment pas l'un des plus légers qu'il ait connus. Il en souffla d'énervement.

– Bien, « Mouna ». Pourquoi trouvez-vous impossible que je vous appelle ?

– Parce que je pensais à vous à la seconde même ! C'est insensé... ! Savez-vous qu'on m'appelait la *Tzigane* à Dortmund ?

François imagina un instant un bataillon d'hommes d'affaires sur fond de cheminées rougeoyantes – un décor moderne pour *L'Or du Rhin* et Wagner – qui, les lunettes brillantes, évoquait les sorcelleries de Mouna Vogel. Il ferma les yeux.

– Vous deviniez l'avenir, là-bas ?

– Je ne devine que ce que je désire, mon cher François. Pourquoi cet imparfait ?

– Moi ? Je ne pense qu'au futur...

– Voyons, nous ne sommes pas là pour marivauder, dit sévèrement Mouna, comme si ce fût elle qui l'eût appelé, et dans un but sérieux. Nous devons parler de cette pièce, au plus vite, et en tête à tête.

– Vous avez vraiment des talents divinatoires, dit François. Moi aussi, je voulais vous en parler.

Il souriait : il avait l'impression, en s'adressant à cette femme, de jouer un rôle, dans une comédie plus ou moins décousue, sans aucun rapport en tout cas avec sa vie réelle. D'après ce qu'il en savait, Mouna Vogel était entourée d'une véritable aura romanesque : elle ne vivait pas dans le mensonge ou la comédie, comme beaucoup d'autres femmes, elle vivait dans la fiction, ce qui était différent.

– Est-ce que vous seriez libre vers six heures ? dit-elle d'une voix enfantine – ou qu'elle désirait telle. Je vous offrirai du thé, des toasts, et je vous ferai goûter le miel de Dortmund, un miel comme on n'en fait que là-bas. Ne me dites pas que vous n'aimez pas le miel, monsieur Rosset ?... François, pardon. Ce serait trop triste. Je me méfie des gens qui n'aiment pas le miel...

Et avec un dernier petit rire, elle raccrocha. François resta figé, l'appareil à la main, dix bonnes secondes. Il y avait longtemps qu'il n'avait pas entendu ce genre de dialogue entre deux êtres humains, à la ville comme à la scène. Même à la télévision..

CHAPITRE V

L'appartement de Mouna Vogel était un mélange étonnant : des meubles Louis XV, estampillés et solides, des tissus lourds et chauds, un ensemble où se glissaient des bizarreries inquiétantes supposées, sans doute, rappeler la secrète existence d'une petite fille cachée à l'étage : un chien en porcelaine, une grande poupée 1930, un châle tintinnabulant, quelques horreurs mêlées à ces éléments pourtant authentiques. On ne savait pas ce qui était décalé « exprès », dans ce décor de maîtresse de maison, « pas plus que dans son discours », pensa François. Jetant un coup d'œil à l'image que lui renvoyait une grande psyché – dressée devant une porte comme un rempart –, il s'y aperçut porteur d'une veste de sport, d'une chemise unie, d'un pantalon de flanelle et d'une cravate de tricot qui lui donnaient l'air sérieux, sinon élégant – reflet dû à Sybil qui lui avait interdit les jeans, les boots et les polos à la ville, passé ses trente-cinq ans. « Elle détestait le genre *vieux-jeune* », disait-elle, à tort ou à raison; en tout cas, par simple comparaison, François était convaincu de sa sagesse. Son autosatisfaction redoubla avec l'arrivée de Mouna, dans une robe d'intérieur de satin beige et noir froufroutante, qui aurait rendu ridicule sur lui le moindre accessoire « cow-boy ». François s'étonna de la taille de son hôtesse. Elle était beaucoup plus petite qu'il ne se la rappelait; il ne s'aperçut qu'une fois assis qu'elle avait les pieds nus.

– Ça ne vous choque pas ? demanda-t-elle, en montrant ses pieds aux longs ongles rubis, très hollywoodiens... Je ne me sens bien que les pieds nus sur la terre... ou sur la moquette... La plante de mes pieds me rassure.

Elle souriait, très à l'aise, étendue sur ce trop grand canapé où, bizarrement, elle ne semblait pas du tout égarée. Et François se rappela qu'elle avait été actrice, à une époque où une actrice devait « occuper le terrain » – ou la scène –, et où le terme « présence » était aussi physique que psychologique. Il avait eu de l'admiration pour certaines qualités ou certaines disciplines de ce métier de comédien, pour certaines qualités dont beaucoup, maintenant, étaient passées de mode mais continuaient à le fasciner : poser sa voix, bouger son corps, effectuer une entrée, une sortie, faire du silence un vacarme, etc. Mais il était saugrenu d'y penser à propos de Mouna Vogel, tant son physique était (malgré l'éclat qu'elle avait su garder) curieusement hors du temps. Avait-elle des amants ? Avait-elle aimé son industriel ? C'était la première fois qu'il se posait des questions sur une théâtreuse démodée. Avant, on savait tout de ces femmes, sans même s'y intéresser, par les échos qui les suivaient ! Et François, en général, les regardait sans les voir, à travers le double voile de leur célébrité et de leur réputation.

– J'étais sûre que vous viendriez un jour...,

dit-elle – mais sans assurance – et je suis ravie que ce soit si vite, ajouta-t-elle avec amabilité. (« Mouna est une femme aimable, c'est déjà ça », se dit François qui se demandait depuis son entrée ce qu'il faisait là.) Mais d'abord, que voulez-vous boire ? A six heures, que boire ?... Voulez-vous goûter un cocktail allemand ? J'en connais un, un peu fort mais exquis, à base de vodka. Oui ? Kurt, Kurt !... cria-t-elle vers un maître d'hôtel, tapi dans le couloir, derrière deux sphinx de cuivre et d'or un peu grands pour la pièce. Kurt, deux Bismarcks, s'il vous plaît... Kurt m'a suivie depuis Dortmund ! (Elle chuchotait.) Vous vous rendez compte ? N'est-ce pas merveilleux pour moi ?... Paris est une ville que l'on a du mal à quitter, mais aussi du mal à retrouver, vous savez, monsieur... euh... François, pardon.

Elle parlait, elle parlait, toujours aussi volubile et ridicule, mais leur solitude empêchait François de le constater avec son agacement habituel. Les êtres humains étaient autre chose que l'impression qu'ils donnaient de prime abord ou que l'on attendait. Les êtres humains étaient obligatoirement vulnérables, ou touchants, en quelque partie d'eux-mêmes. Plus complexes, en tout cas, que l'addition de nos propres regards ironiques et blasés. L'inconnue que Mouna représentait pour François l'obligeait à se référer à des généralités douceâtres. S'il l'avait connue vraiment, fût-ce même à travers une contre-vérité, s'il avait connu un détail précis de son passé, de son présent ou de sa vie, elle n'aurait pas bénéficié de cet éclairage abstrait, de cet intérêt respectueux et cocasse que provoquait en lui l'inconnu total... Il s'étonna de sa propre présence, dans ce salon chamarré, de l'inutilité de leur rendez-vous, de cette journée décalée par ce rendez-vous absurde, de cette journée fichue – comme celle de cette femme, d'ailleurs –, deux journées rendues ridicules par ses bons soins.

Elle lui tendait un verre rempli d'un cocktail rougeoyant, trouble, un cocktail germanique, pour tout arranger ! Délicieux, d'ailleurs... vraiment délicieux, c'était indéniable, et qui remettait d'aplomb, fort et doux, fort et fluide... Sybil aurait adoré ça !

– C'est délicieux, dit-il.

– N'est-ce pas ? Je vais en commander un autre, un pour vous, un pour moi. On aura plus de facilité à parler de la pièce. Je n'ai pas pu, hier, devant ce pauvre Berthomieux... Ah, vous l'aviez oublié, mais c'est qu'il a la moitié du théâtre, vous savez ? Cela complique les choses...

Elle n'avait plus rien de suranné ni de ridicule, grâce à ce cocktail, ou grâce à elle-même – et elle semblait même avisée et vivace. Il n'y avait pas que de l'agacement dans sa voix, il y avait aussi de la condescendance et de l'ironie. Ce n'était pas sa niaiserie qui l'avait fait prendre pour femme par un magnat allemand, ni qui avait poussé ce dernier à lui laisser tous ses biens. Ce n'était pas cette niaiserie qui faisait de Berthomieux le responsable du théâtre, et non pas le directeur : elle était assez rouée, sans doute, pour ne pas afficher des pouvoirs dont elle profitait ; et ce pauvre Berthomieux qui s'en croyait aussi le maître, visiblement !

L'appartement était au sixième étage, le soleil couchant s'appuyait aux vitres, le ciel rosissait à l'extérieur, il devait être tard... Ce cocktail Bismarck avait un seul inconvénient : il donnait soif; assez soif pour que François ne protestât pas à l'arrivée toute naturelle du suivant. Il perdait son temps, leur temps, mais avec agrément. Il y avait longtemps que l'alcool ne lui avait pas fait cet effet-là. Cette détente, cette insouciance, cette impression de tout deviner, de tout prévoir... un alcool de collégien. Elle allumait une petite lampe, elle riait, elle avait rajeuni. Elle avait dû être très plaisante, Mouna Vogel... Oui, très attirante dans son style provocant et un peu effaré. C'était des femmes faites pour les hommes, consacrées aux hommes, des femmes comme il n'y en avait plus... Et une minute de nostalgie envahit François, aussitôt chassée par le sentiment de son propre ridicule. Ce personnage de viveur nostalgique était nouveau chez lui, et comique.

– Cette pièce est belle, disait Mouna là-bas, mais trop triste. Votre Anton est trop idéal. Il fait semblant de ne rien savoir, il supporte tout, c'est accablant ! C'est slave, sans doute, mais accablant. Imaginez un instant, sans vous fâcher, imaginez qu'il ne sache rien, qu'il ne sache pas ce qu'elle fait, et qu'il joue le pompeux et le modeste dans le brouillard... Ce serait d'un drôle ! Vous imaginez ?...

– Bref, vous préférez Feydeau à Tchekhov, dit François d'un ton sévère et malgré lui.

L'idée l'avait frappé : c'était une bonne idée théâtrale, très habile, très maligne, très efficace, trois adjectifs qu'il réprouvait en général. Mais dans un texte dont on n'est pas l'auteur ou qu'on connaît trop, cette idée s'imposait. Avec la force des retournements. « Le héros en devient médiocre, donc vraisemblable », se dit-il avec une amertume qui lui parut aussi comique que sa nostalgie de tout à l'heure à propos des femmes. C'était l'ennui de ce cocktail : il vous inspirait des sentiments violents et que vous vous sentiez aussitôt ridicule de ressentir. Comme cette envie bizarre et brutale qu'il avait de remonter à la source de ce parfum, de cette odeur de poudre de riz, trop connue – quoique disparue depuis des années –, et qui s'en revenait flotter entre son fauteuil et le canapé où s'allongeait Mouna Vogel. Il était assis à sa hauteur, mais il lui faudrait se lever, faire deux pas et se pencher très bas pour capter cette poudre de riz, comme il en avait l'intention, confuse mais grandissante.

– Vous savez quand, par exemple, elle lui donne rendez-vous chez Katia et qu'il passe la soirée à l'attendre... Elle arrive. Et vous imaginez, s'il ne sait rien ?... Le comique de la situation ?...

– Non. (Elle riait et François riait avec elle.) Non, dit-il en essayant de ne pas rire, non, il ne faut pas.

– Et pourquoi pas ? Qui a le droit de nous en empêcher ?

Il se leva. Tout les en empêchait. Il n'avait pas envie de cette femme, il avait envie de la humer, tel un jeune chien, un vieux chien, un homme adulte, se dit-il vaguement. Il constata avec surprise la fermeté de ses jambes. Dès qu'il la toucha, dès qu'il posa la main sur son cou, elle poussa un gémissement, comme s'il la prenait déjà, comme si elle l'attendait depuis des heures, bref, comme si ce geste n'eût pas été l'initiative la plus incongrue et la plus inattendue de sa part à lui... Elle lui chuchota un peu plus tard : oui, elle l'avait vu, lui, puis Sybil et lui, leur couple, dans ce miroir oublié du théâtre, dans ce fameux couloir...

Se retrouvant sur le boulevard de Port-Royal, une heure plus tard, François se faisait penser au Valmont des *Liaisons dangereuses*, à un salopard et à un pauvre imbécile.

La seule chose qui l'excusait, il s'en rendait compte, était l'incongruité même de ses frasques : il profitait d'un couloir mal éclairé pour se précipiter sur sa maîtresse légitime, il s'effondrait sur le canapé d'une femme plus âgée en pourchassant une odeur de poudre de riz qu'il ne pouvait, en aucun cas, reconnaître – et cela dans le but initial de lui prouver le talent de sa maîtresse. Bref, il ne mettait aucune malice, aucun cynisme dans ses écarts sensuels devenus rares. D'ailleurs, chez François, comme chez beaucoup d'hommes de son âge et de son tempérament, la fatigue des jours et la peur des maladies l'amenaient à une fidélité certaine. Fidélité dont se félicitaient à haute voix les amis de François qui n'avaient pas eu sa chance en amour. Finalement, pour bien des hommes de plus de cinquante ans, moins énervés par les femmes qu'ils le prétendaient, le sida était devenu un bel alibi ; et la fidélité une vertu qu'ils se targuaient d'observer avec douleur comme si leur sang-froid eût été chaque jour mis à rude épreuve.

François, lui, remerciait le ciel d'être né avant la guerre. D'avoir connu des appétits sensuels, désespérés parce que difficiles à satisfaire, ceux de sa génération. Il était passé ensuite aux plaisirs infinis de la facilité, et ce n'était pas la lassitude mais la crainte, la crainte de faire payer à Sybil ses éventuelles toquades, qui avait freiné ces plaisirs-là. Il avait eu de la chance : il finirait sa vie amoureuse avec le sentiment d'un chasseur heureux, et sa vie tout court avec une partenaire estimable, désirable et fidèle. Et qu'il aimait toujours.

Car Sybil était une femme dont il était sûr : sûr de sa nature et sûr de ses sentiments pour lui. Il l'avait connue comme il le fallait : assez tard et récemment. De telle sorte que cette assurance et cette continuité ne lui apparaissent pas comme une menace ou le masque de l'ennui – comme cela aurait pu lui apparaître quelques années plus tôt. François avait plu – beaucoup – à un moment de sa vie, suffisamment en tout cas pour jouer les don Juan pendant deux ou trois années qui lui semblaient, aujourd'hui, les plus ridicules et les plus vulgaires de son existence. C'était peut-être pourquoi il en voulait tellement à ce personnage de Valmont, décrit par Laclos, auquel il s'identifiait de façon sarcastique et à ses dépens depuis Mouna. Cette incartade lui semblait un retour à l'âge bête, l'âge ingrat qui, contrairement à ce qu'en disaient les familles bourgeoises, n'avait pas de dates, de limites, ni de frontières chronologiques prévisibles.

CHAPITRE VI

François rentra donc, penaud, à la maison, s'étonna une fois de plus de l'odeur d'herbe qui régnait sur ce minuscule pré dans Paris, mit la clé sur la porte. Tout aussitôt, il entendit la musique préférée de Sybil à ce moment-là : un vieil enregistrement de Duke Ellington. Et tout aussitôt, reçut dans les bras le paquet parfumé et décoiffé de Sybil elle-même, les yeux brillants. Elle se serrait contre lui, elle avait l'air heureux... ou encore heureux... ? et il eut peur une seconde. Mais de quoi ? Elle riait, il embrassait ses joues fraîches (elle était presque aussi grande que lui, elle était plus jeune que lui, et elle avait l'air plus jeune). Elle avait tous ces atouts que n'avait pas la femme à qui il venait, par erreur, par perversité, de faire l'amour. Il se détesta, puis sourit, en réponse au sourire triomphant de son seul amour.

– Figure-toi, dit-elle, que ce nigaud d'Hérouville vient de me confier la chronique parisienne de la revue pour les pays francophones ! Deux pages par mois et dix mille francs la page ! C'est exactement ce qu'il nous fallait pour être à flot. Qu'en penses-tu ?

– Parfait, dit-il, parfait. Tu es un crack, et moi je deviens lentement un gigolo, à force...

Il était vrai, à proprement parler, qu'elle gagnait sûrement plus d'argent que lui en ce moment... Il était vrai aussi que c'était le contraire lorsqu'ils s'étaient rencontrés, et qu'il avait acheté à crédit la maison du boulevard Montparnasse. Et il était vrai aussi que tout en y consacrant le maigre héritage de sa mère, il l'avait mise à son seul nom à elle, aussitôt et à jamais – ce qu'elle n'avait su que trois ans plus tard mais il habitait chez elle et elle n'avait rien pu y changer. A la fois (elle le ressentait de temps en temps), c'était comme s'il l'eût définitivement attachée, ligotée à lui et à cette maison... comme s'il la connaissait assez pour savoir qu'elle ne le mettrait jamais à la porte de chez eux ; et que si elle le quittait, elle se sentirait obligée, elle, de quitter aussi la maison et de tout perdre. Il n'empêche... Il n'empêchait qu'il avait pris ce risque, sans même la connaître autrement que sensuellement ; et que même si ce n'était pas un risque à ses yeux à elle, cela aurait pu en être un à ceux de n'importe quel autre homme – un peu moins romanesque ou un peu plus pratique que François. D'ailleurs, l'avait-elle jamais vu faire, dire ou penser quelque chose de bas en dix ans ? Non. Elle pouvait toujours chercher... Mais cherchait-elle vraiment ? Comme le lui répétait Nancy, sa meilleure amie. « Non, disait Nancy qui, au demeurant, aimait bien François, non, on ne cherche jamais vraiment. Ou on a trouvé, et ce n'est plus la peine de chercher, ou on ne cherche pas. » Elle était logique, parfois, Nancy, jusqu'au bon sens : c'était la seule chose que Sybil ait jamais eu à lui reprocher.

En attendant l'imprudent en question, François, était allongé sur son lit, les yeux mi-clos, un sourire de félicitation encore esquissé sur la bouche ; et il suivait d'un œil vague, mais affable, les pérégrinations de Sybil autour de la pièce : son trajet l'amenait de la porte d'entrée à la porte-fenêtre, qu'elle ouvrait légèrement avant de repartir, passait devant l'armoire qu'elle ouvrait et où elle tapotait quelques chandails ou redressait quelques cintres, virait à 45 degrés vers le lit, du côté où gisait François, se penchait, l'embrassait tendrement mais rapidement, sur la tempe ou au coin des lèvres, repartait vers la table, relisait pour la dixième fois quelques lettres sans intérêt, revenait à la porte, repartait vers la porte-fenêtre qu'elle refermait avant de repartir vers l'armoire, etc. Tous les récits, toutes les péripéties agréables de l'existence de Sybil, lui étaient relatés, ainsi, le long de cet itinéraire immuable. Quand le récit était triste ou la fin malheureuse, elle s'arrêtait contre François et, le coude replié devant les yeux, pour y cacher des larmes qu'elle s'interdisait, elle ne bougeait plus, elle parlait sans un geste. François, lui, aimait au contraire la surprendre : toute nouveauté, sauf triste, il aimait la lui assener brusquement, au restaurant ou dans un taxi, une heure parfois après leurs retrouvailles, comme s'il l'eût oubliée entre-temps. Il la regardait, donc, tourner sur elle-même, gaie, amusée de la bonne blague qu'elle faisait à ses employeurs en se faisant payer, enfin, le tiers de ce qu'elle méritait. Elle avait l'air triomphant de sa promotion, aussi ostensiblement qu'elle avait été discrète, la veille, dans sa déception à propos de la pièce. Elle avait tendance, comme lui, à accorder plus de considération et de place au bonheur qu'à ses contraires. Et c'était cela, entre autres, qu'il demandait à une femme : Non seulement du cœur, mais du courage. Et c'était pour cela, entre autres, qu'il l'aimait tant, et depuis si longtemps. Il ouvrit la bouche pour le lui dire, mais elle lui coupa la parole aussitôt d'un regard comblé. Et il se rappela leur étreinte inopinée et pour elle aussi inconcevable que troublante dans le couloir du théâtre, la veille. Il se rappela qu'elle était, dans sa propre mémoire, la maîtresse comblée d'un homme ardent. Il se rappela qu'elle n'avait pas assisté à son après-midi, ni goûté au cocktail Bismarck ; et il poussa un gémissement de honte en repliant sa main sur son estomac : il accusait souvent celui-ci de maux imaginaires.

Pour fêter son triomphe financier, elle avait invité à dîner sa meilleure amie, Nancy, et son mari, Paul, avec lequel, par chance, François s'entendait relativement bien.

Le Joker était un restaurant à la mode. Et si l'on s'y retrouvait finalement assis dans une certaine pénombre, il fallait d'abord traverser une grande entrée encombrée de tables qui rendaient impossible tout incognito. Les deux femmes sur leur banquette parlaient gaiement avec François, mais Paul passait son temps à se retourner, à la grande exaspération de sa femme. Il avait été un beau garçon blond, et même dénommé poète, un temps. Il était devenu un gros homme qui fournissait des échos à quelques hebdomadaires très médiocres, même s'il ne l'admettait pas. Sa femme, Nancy, s'obstinait aussi à ne pas y croire, à l'étonnement charmé de Sybil qui voyait en elle la lucidité faite femme. Nancy avait su et supporté que Paul la trompât, qu'il changeât d'opinions politiques comme de rédacteur en chef, etc., mais elle n'admettait pas qu'il écrive des ragots sur la vie des autres, et encore moins qu'il en tire de l'argent. Du coup, Sybil n'y croyait pas non plus, et François, qui, lui, le savait, s'en était agacé avant de revenir à un de ses principes préférés : mieux valait avoir l'air d'un crétin que d'un mauvais ami. Devant l'agitation de Paul qui, de dos, ne voyait pas les nouveaux arrivants et s'énervait, il ne put s'empêcher, quand même, de faire un clin d'œil à Sybil qui le foudroya en retour. Nancy se montait ; et autant elle était en général exquise, autant elle pouvait parfois ne pas l'être. L'idée d'une scène épouvanta François et lui fit discerner sa propre fatigue nerveuse.

– Alors, je bois à tes succès, dit-il en levant son verre à Sybil

– A tes fortunes ! dit Nancy.

Elle était petite, brune et pointue, l'opposé de Sybil, mais attirée vers la paix dans un couple et dénuée de cette jalousie et de cette fausse sincérité entre elles de certaines femmes amères et, à la fin, féroces que craignait par-dessus tout François. En fait, il avait été à la merci de Nancy lors d'une passade lointaine ; et non seulement celle-ci n'en avait rien dit à Sybil, mais à Paul non plus. Ah, ce gros niais de Paul avait de la chance ! François s'étonna soudain de la condescendance qu'il éprouvait : dans le temps, pourtant, il l'avait admiré, quand Paul avait été un espoir de la littérature – ce temps où lui-même aurait tant donné pour écrire comme lui... Mais depuis quand Paul ne faisait-il plus rien ? Depuis quand avait-il renoncé à... à tout, à la littérature et au succès ? Depuis qu'il épelait ses espoirs dans l'ordre contraire, sans doute : le succès d'abord, la littérature ensuite. Et lui-même, François ?... Il détourna les yeux de Paul et battit des paupières : ... Comme si la question était représentée par Paul ! Et ce fameux roman, son fameux roman qu'il n'écrivait pas, qu'il ne commençait même plus... auquel Sybil elle-même avait cessé de faire allusion... Il n'essayait plus au moins de se dire que s'il avait eu le temps, la possibilité matérielle, la solitude, etc... etc... Il avait, lui aussi, cessé de se mentir, tout au moins sur ce sujet-là. Non, il avait le sens du théâtre, un naturel et une justesse dans le dialogue, et il y avait un vague rapport entre ses facultés intellectuelles et ses facultés d'écrivain, ce qui était déjà énorme, miraculeux ! Il avait vu tant d'esprits brillants écrire comme des sous-doués, tant de gens fous de littérature, intelligents, cultivés, modestes, passionnés, qui refaisaient cent fois la même phrase pâteuse, irreconnaissable, sans pouvoir aller plus loin... Et encore, rares étaient ceux qui s'en rendaient compte... L'injustice de tout cela... cette infaillible injustice du talent... Paul, le gros Paul, qui avait eu cette grâce, comme une maladie ou une dépression, pendant deux ou trois ans... De quel droit méprisait-il Paul ?

– Tiens, voilà ton producteur, disait celui-ci.

Il venait de se retourner une fois de plus, et cette fois sur Berthomieux. Ils échangèrent des poignées de main. Berthomieux avait plus que jamais l'air d'une gravure de mode 1900, un peu trop cintré à la taille, les cheveux blancs trop gris ou le contraire... Sybil lui avait plu, décidément. Il lui faisait des petits signes de tête approbateurs, comme à une actrice ; et François s'en énervait quand Berthomieux, comme averti, se retourna vers lui :

– Alors, où en sont nos projets ? Vous avez revu notre Mouna, finalement ?

François se mit à rire malgré lui, bêtement : il ne savait absolument pas que répondre ! Mouna lui avait-elle dit, à ce vieux bavard médiocre ? Lui avait-elle téléphoné dès que François avait tourné les talons, et donné des détails ? Ou ne lui avait-elle parlé que de leur rendez-vous, avant ? Enfin, de toute façon, si lui-même, François, l'avait vue, il aurait déjà dû en parler à Sybil ! Donc, il ne l'avait pas vue. Il devait prendre le risque.

– Je vais la voir demain ou après-demain, je crois. Nous devions en reparler.

Sybil levait vers lui des yeux surpris. Elle le dévisageait, il le savait, mais il ne la regardait pas. Il fixait Berthomieux, éperdument, en souriant toujours. (« Comme un imbécile, pensa-t-il tout à coup, j'ai sûrement un sourire d'imbécile. ») Berthomieux souriait à son tour, disait quelque chose sans importance, saluait, s'inclinait, s'éloignait. Il fallait qu'il se rassoie, lui ! Non, il était resté assis, bien sûr... Il attrapait sa fourchette, trouvait une miraculeuse feuille de salade sur son assiette, la piquait, la mâchait. Il ne souriait plus, du moins ; c'était un grand pas de fait.

– Tu ne m'as pas raconté comment ça s'était passé, finalement, disait Nancy à Sybil.

– Mal, très mal, je crois, à moins que François ne se livre à des manœuvres cachées...

Elle souriait, mais sans entrain, et il lui adressait un petit clin d'œil rapide, comme s'il avait eu un secret, en effet, et pour elle seule.

– Je te raconterai, promit-il. Il y a des chances... enfin, un dixième de chance...

– Mais raconte..., demandait Paul qui s'arrêta aussitôt devant le regard de Nancy. (« Le pauvre... La moindre des curiosités, la plus normale des curiosités lui était interdite, à présent. »)

– Tu connaissais Berthomieux, Paul ?

– Un peu, bien sûr, depuis le temps. Mais c'est elle qui m'amuse. Vous l'avez vue ? Elle n'a pas encore fait sa grande rentrée à Paris...

– Quelle grande rentrée ? Elle a cent ans ! dit Nancy, et François baissa les yeux, au bord du fou rire.

Paul protesta :

– Mais non, mais non ! Elle a quitté Paris en pleine ascension, pour son industriel, il y a quinze ans, peut-être. C'était quand même la dernière...

– La dernière ?

– La dernière courtisane, s'agita Paul. Elle a joué quelques rôles vedettes pour son premier époux, un metteur en scène, mais elle a rencontré après un directeur, dans l'électroménager, ou je ne sais quoi, et un banquier, je crois, enfin, des milliards... Une vraie cocotte – dans le style 1900, si tu veux – mais réellement efficace en 1980, je peux te le dire ! Naturellement, vous n'en saviez rien ; vous veniez de vous rencontrer tous les deux, la terre aurait pu tourner du mauvais côté, vous ne l'auriez pas remarqué...

– Parce que tu trouves qu'elle tourne du bon côté, toi, actuellement ? dit François.

Il essayait de parler d'autre chose, car la petite tête bouclée de Nancy ressemblait plutôt à une tête chercheuse. Elle était en piste, aux écoutes.

– Combien tu lui donnes, toi, à cette Mouna, sérieusement ?

Voyons, que devait faire un gentleman ? Après tout, il sortait des bras de cette prétendue centenaire ! Il devait y avoir des us et des coutumes, dans ces cas-là... Et ce rire qui rôdait dans sa gorge, son nez, ses joues...

– Mais je lui donne rien du tout, dit-il, l'air excédé.

– Tu trouves qu'elle en a assez comme ça ?

Paul riait toujours très fort de ses propres plaisanteries.

– Non ! dit François, non, mais je ne suis pas habitué à chercher l'âge des femmes avec qui je fais des affaires.

– Eh bien, tu as tort. Tout se tient, et si tu sais son âge...

– Ça ne veut rien dire. Elle est peut-être plus dure que lorsqu'elle était jeune, ou moins. Comment veux-tu savoir ? Les généralités, tu sais...

– Les idées tout court, tu veux dire, générales ou pas ! Toi, pour te tirer un mot, ces temps-ci !...

La conversation s'envenimait légèrement et les femmes intervinrent. François fut très gai, comme chaque fois qu'il avait l'impression d'échapper à un grand danger, même si ce n'était que partie remise. Et ça, il le savait. En fait – et il n'en ignorait pas le ridicule –, il ne pouvait s'empêcher de souffrir, comme d'une injustice vis-à-vis de Mouna, de la part de Sybil et de ses amis ; laquelle injustice, quoi qu'on en pense, ne le blessait pas mesquinement dans sa seule vanité.

CHAPITRE VII

François était sur le sentier de la guerre, celui des bêtises. C'était évident depuis ce dîner à quatre, mais Sybil ne pouvait pas le prendre au sérieux. D'abord parce que, dans cette période de trouble qui s'annonçait, il y avait trop d'éléments positifs : cette pièce superbe d'abord, terminée à présent, qui leur appartenait et finirait par appartenir à tout spectateur épris de vrai théâtre ; le hasard pur, ensuite, qui envoyait à Sybil ces nouvelles pages de journal et les dix mille francs y afférents ; enfin, la continuité de leur élan passionnel dont François lui avait encore donné une preuve (malgré le risque et le grotesque où les aurait mis une intrusion), l'autre jour, dans les coulisses du théâtre.

C'était la seule chose qu'eût apprise

François Rosset de sa brève période ridicule et don-juanesque : l'importance des précautions dites excessives et la nécessité d'afficher, en cas de soupçons justifiés, l'attitude la plus tendre qui soit. Une femme, si intelligente soit-elle, voit dans le désir de son partenaire la preuve qu'il n'a pas d'autres tentations : le désir inclut à leurs yeux l'exclusivité. Il savait trop la fausseté de ce réflexe pour ne pas s'étonner de l'égarement général de ses maîtresses à ce sujet, depuis toujours. Mais il était vrai qu'en leur faisant l'amour, on les rassurait, comme il était vrai que, plus on faisait l'amour, plus on avait envie de le faire ; et que ce n'était même pas à une femme, ou à trois femmes, qu'il était fidèle, mais à un élan amoureux, à l'amour lui-même, à ces corps successifs sur lesquels il penchait, lui, François, la même silhouette aimable et affamée... Même s'il lui arrivait de bâiller d'avance à l'idée de l'amour sensuel – et ce pendant des semaines. Tout cela n'avait rien à voir avec son amour pour Sybil, qui était la priorité de son existence ; mais c'était bien le seul point où il éprouvait, à son égard, une très vague et très craintive condescendance.

« Quel bonheur », se disait-il aussi, en de rares moments de lucidité, « quel bonheur de pouvoir poser ces problèmes dans un contexte sentimental, psychologique ou littéraire quelconque ». C'était la peur qui régnait sur les amants, en général – non la peur d'eux-mêmes, mais leur peur de l'avenir, pas l'avenir de l'amour, mais l'avenir de l'autre – tout bêtement. Si l'on réduisait l'amour à ces craintes, à leur expression la plus triviale, la plus vraie, la plus dévouée, en fait, n'importe quel amant pouvait se demander comment finirait, et dans quelles conditions, l'objet de son amour. Il était admis dans les statistiques qu'il mourrait avant Sybil, par exemple, et il aurait tout donné pour être sûr qu'elle achèverait sa vie entourée de chaleur et d'amis, d'un vague confort qu'il était à l'heure actuelle, quoiqu'en pleine force de l'âge, incapable de lui assurer. Il n'avait pas plus de sécurité matérielle à lui offrir plus tard que de sécurité sentimentale à lui offrir tout de suite. Cela, elle ne le savait pas. Mais il avait l'impression stupide, judéo-chrétienne et infantile que chaque mensonge, chaque passade lui retirait un peu de ce capital futur, de cet avenir qui, pourtant, il le savait, ne dépendait vraiment pas, en terme monétaire, de sa fidélité. Il suffisait de voir Mouna Vogel, faible femme et femme infidèle, qui, loin d'être une ex-actrice ratée, s'achetait, entre autres, un des plus beaux théâtres de Paris et un appartement pour le moins... confortable. Et ce dernier adjectif qu'il se formulait, comme il formulait ses mots chaque fois qu'il se faisait la morale, ce dernier adjectif le faisait rire.

Sybil hésitait, selon son habitude, à interroger François sur ses secrets ou ses humeurs. Elle était sûre qu'il se passait quelque chose, et même si elle avait tenté, comme cela lui arrivait, de se persuader du contraire, le point d'interrogation que lui avait dessiné Nancy dans la rue, et dans le dos de François, l'en aurait empêchée. Ce qui l'ennuyait un peu, car elle était persuadée depuis toujours, et non sans preuves, que le fait d'évoquer des ennuis incertains les concrétisait, les rendait inévitables. Elle était elle-même, entière, elle avait le goût de l'absolu, mais elle n'en avait pas conscience, et n'en eût pas tiré, en cas contraire, le moindre orgueil. Elle se voulait, s'espérait, se croyait quelqu'un de profondément tolérant et, à vrai dire, elle l'était, mis à part quelques points précis et passionnels sur lesquels elle n'avait pas eu encore à s'affronter.

Elle lui demanda, donc, sans bien écouter la réponse, la raison de son fou rire devant Berthomieux. Il invoqua la coupe des vêtements, le ton de la voix, etc., ce qu'elle admit. Elle ajouta d'elle-même, un peu plus tard, que « Mouna Vogel n'avait pas l'air d'être centenaire et que Paul et Nancy exagéraient beaucoup ». Elle ajouta même qu'elle était tout à fait « possible ». Ce à quoi, François, après un instant de réflexion objective, déclara qu'elle poussait un peu loin. De toute façon, ajouta-t-il, il pourrait lui en dire plus, et plus objectivement, dans quelques jours, car il l'avait en fait appelée au téléphone le matin même. Et même s'il l'avait oublié depuis, il avait un rendez-vous, à propos de la pièce tchèque, où il espérait la voir sans Berthomieux car, à son sens, c'était

Berthomieux, ce vieillard réactionnaire et pomponné, qui s'opposait à sa production. C'était possible, admit-elle, et ils verraient bien... Mais ce soir, on fêtait en tout cas les nouvelles pages de ce journal. « Ç'a été quand même une fort bonne journée ! » reconnut-il à son tour.

CHAPITRE VIII

Il s'avéra, hélas, que la somme de dix mille francs rapportée tous les quinze jours pour les six feuillets de la *Femme française*, n'étaient pas grandioses uniquement aux yeux de Sybil, mais aussi à ceux du rédacteur en chef. Elle devait les mériter, ces dix mille francs : il s'agissait d'évoquer pour les lectrices malchanceuses du journal – c'est-à-dire domiciliées ailleurs que dans la Ville Lumière – les charmes d'une pièce de théâtre, d'un spectacle de danse, d'un film récent, voire d'une soirée de « prestige » (terme qui se révéla des plus vague). Or, si elle n'hésitait pas à vanter l'élégance et l'entrain de la soirée donnée par les Parfums Guerlain, Sybil ne se sentait pas encore le droit de pousser de confiants lecteurs sur des fauteuils à deux cents francs où ils verraient un navet prétentieux, ou sans aucune prétention, ce qui était parfois pire. Elle s'y refusait même, cherchait autre chose, bref, s'acharnait à une honnêteté qui séparait leur soirée, la patience de François étant encore plus brève que son indulgence à elle. Il était plus facile à dérider qu'à exaspérer, mais si l'on faisait une moyenne précise, il aurait pu s'acquitter de ses fonctions de critique en trois fois moins de temps et, selon les jours, il ou elle en tirait une fierté secrète. Bref, ils en arrivèrent à se disputer sur ce sujet qui ne les concernait pas personnellement, ni l'un ni l'autre, mais qui les irritait l'un contre l'autre – état de choses qu'ils s'étaient, in petto, toujours promis d'éviter, et que chacun, s'en croyant incapable, imputait à l'autre.

François n'avait aucune nouvelle de Berthomieux ni de Mouna Vogel. Ils avaient monté au Théâtre de l'Opéra, avec succès, une pièce d'un auteur anglais avec une distribution qui comportait un certain nombre d'atouts. La chronique de Sybil de son côté faisait un succès, dans son journal, et comme il se mêlait de l'honnêteté à son habileté naturelle, c'était une vraie réussite, mais qui lui prenait beaucoup de temps. Quant à François, sa collection de poètes du XIXe siècle marchait cahin-caha. Il écrivait aussi des articles dans son journal que rien ne pouvait sauver de la faillite à présent, pour des raisons politiques. Ses chroniques restaient cultivées et cocasses, et certains lecteurs les trouvaient sarcastiques jusqu'à la prétention – il était de leur avis. « Sans Sybil, ils auraient mené une existence médiocre », assurait-il à tous leurs amis, assez fréquemment pour l'exaspérer, elle. En dix ans, elle ne l'avait jamais vu impudique. Aussi le jour où, un peu excédée de ses plaintes, elle déclara devant ses amis : « François dit n'importe quoi ! Il ne pense qu'à se plaindre... », y eut-il un grand silence. Elle était si rarement agressive que cela fit l'effet d'un éclat. Ils se retrouvèrent très vite, marchant tous les deux sur le boulevard de Port-Royal dans un silence que lui ne comprenait pas, et qu'elle ne se reprochait qu'à moitié.

– Que s'est-il passé ? demanda-t-il enfin en l'attrapant par le bras.

Elle tenta de se dégager mais il resserra ses doigts et elle le laissa faire.

– Je me suis énervée, dit-elle. Elle accéléra le pas, et il dut la retenir brutalement, car deux voitures la frôlaient en toute légalité.

– Attention !... les chauffeurs ne savent pas que tu es énervée... Pourquoi t'ai-je énervée ?

– Tes histoires d'argent et d'homme entretenu ne regardent personne ! dit-elle avec colère. L'important, c'est ce qu'on a fait tous les deux, depuis dix ans, comme tous les autres couples !

– Bien sûr, dit François, l'air excédé. Simplement, j'ai remarqué, et je m'en félicitais, que tu me faisais vivre.

– Et toi, tu me loges...

– Oh, je t'en prie ! Cessons ces mesquineries ! Je ne sais pas pourquoi, mais on ne pourrait pas parler d'argent sans être mesquin ? C'est pourtant clair, les chiffres, évident, ennuyeux mais évident... Ça n'a rien de honteux, si on ne les ressent pas comme tels.

– Nous sommes tout à fait d'accord, dit-elle, ça devient, comme tu le dis, ennuyeux.

Ils se couchèrent et se tournèrent le dos, même si François se redressa tout de suite pour finir son livre. Elle lui demanda ce qu'il lisait, d'une voix polie. Il lui donna le titre sur le même ton. Un peu plus tard, il lui proposa même une définition amusante du livre, mais elle dormait déjà, ou faisait semblant. Et depuis toujours, il respectait aussi farouchement le sommeil d'autrui que son simulacre. De toute manière, c'était toujours elle qui se conduisait bien, pas lui. Cette fois, elle n'avait pas crié que ses plaintes étaient inexactes, que c'était faux et que c'était sur lui et sur ses mâles vertus que reposait leur existence matérielle. C'était pourtant ce qu'il aurait voulu qu'elle dise et qu'elle pense. Pour la première fois, il paraissait important à François qu'elle ait confiance en son sens pratique, en ses facultés d'adaptation à son époque, à l'existence, chez lui, de qualités modernes, dont ils s'étaient toujours moqués ensemble, mais dont il avait toujours cru qu'il pourrait faire preuve, si besoin était, même si actuellement, sa collection sur Les Grands Poètes du XIXe siècle n'était pas la plus rentable des Éditions Messidor, et même si la liberté de ses articles exigeait leur parution dans des journaux également libres – donc peu payants. Et il ne voyait pas comment y changer quoi que ce soit. Il n'avait jamais gagné quelque argent ou acquis quelque bien que grâce au théâtre, par des adaptations ou des traductions. Et il se jurait que, la prochaine fois, au lieu de jeter ses droits d'auteur à tous les vents, il en mettrait de côté pour les vieux jours de Sybil. « Si cela pouvait – même à l'heure de Tchernobyl – la rassurer le moins du monde », se dit-il avec une tendresse décuplée par l'indulgence. Là-dessus, et comme toujours après l'un de ses accès de mauvaise foi, il bascula dans le sommeil.

*

– Comment allez-vous ?... Je pensais que vous m'aviez complètement oubliée ! J'étais très triste... Vous allez bien ?... Et Sybil

Delrey ?... Avez-vous pensé à nos projets théâtraux ?...

Mouna Vogel était décidément une femme aimable ; ou une femme sans rancune ; ou alors, une femme sans aucune mémoire. Son aisance, sa politesse en imposaient à François.

– Je n'ai pas oublié du tout, dit-il d'une voix qui lui semblait peu convaincante, mais je sais que vous avez eu beaucoup de travail... et de succès aussi... J'ai beaucoup aimé la pièce d'Esmond... Elle marche très bien, je crois...

– Pas au point de ne pas penser déjà à la suite. Le théâtre n'est plus ce qu'il était, vous le savez comme moi. Voyons, voulez-vous que nous dînions un de ces soirs ?... Enfin, la semaine prochaine, plutôt...

« Elle n'est pas pressée », se disait François mélancoliquement. Après deux mois de silence de sa part, il ne pouvait s'en étonner. Et lui qui s'était senti si troublé l'autre jour, dans une parfumerie, quand la vendeuse avait ouvert une boîte dont s'était échappée cette odeur de poudre de riz... Il avait eu tout à coup un flash, un souvenir étonnamment précis de sa centenaire... Il le lui raconterait un jour, si par hasard ils devenaient amis, comme cela pouvait arriver inopinément à Paris, même à des gens aussi évidemment différents l'un de l'autre – généralement à la faveur d'un succès... (car il se bâtissait fort peu de liens durables sur un échec commun).

– Quand vous voulez, dit-il. Je suis à votre disposition pleine et entière.

– Voulez-vous jeudi en huit ? J'ai eu une idée pour votre adaptation, merveilleuse, enfin... je crois... Bien... Je marque votre nom le jeudi 17... Oui ?... Ah, eh bien, nous verrons, non ?... Vous me téléphonez le matin...

– Bien... D'accord... Entendu..., disait François sans se décider à poser la question annexe. Ce fut Mouna qui lui lança, au moment où il allait raccrocher :

– Nous dînerons à deux, trois ou quatre ?... Je suis obligée de vous le demander à l'avance : Berthomieux est toujours si pris !

– A deux, si vous voulez bien ?...

François entendit sa propre voix répondre,

une voix égale, enfin... à l'aise. Ainsi, au moins, s'il se produisait des complications plus tard, il ne pourrait pas se dire qu'il n'y était pour rien...

Le hasard faisant bien et mal les choses, Sybil eut rendez-vous le 17 à Munich, pour la création d'un ballet. Elle devait en même temps y interviewer Daldo Monterane, « le » nouveau prodige du Bolchoï, un génie de la danse, dont la rumeur publique se plaisait à dire et à écrire qu'il préférait les femmes aux hommes. Comme de surcroît il était fort beau, cela donnait une aura quasi sulfureuse à son personnage, une touche équivoque, voire diabolique, l'époque étant assez embrouillée pour se choquer des bonnes mœurs d'un danseur. Sybil devait donc partir trois jours (elle avait aussi à charge de faire aux femmes françaises, qui n'avaient pas le bonheur d'habiter près de Munich, une description à fond de la Pinacothèque). Devant l'ampleur et le degré intellectuel de la tâche, on lui avait adjoint deux photographes, l'un connu pour sa technique dans la pellicule couleur, l'autre pour sa façon de rénover les vieux sujets, ce qui inquiétait beaucoup plus Sybil. « De toute façon, ces quelques jours loin de François, se disait-elle généreusement, leur feraient le plus grand bien. Ils devenaient un peu nerveux par moments, l'un et l'autre, et lui, en outre, distrait. Il montrait moins de pessimisme à propos de leur avenir, mais il le remplaçait par du fatalisme, attitude peu plaisante et contagieuse. Elle s'était toujours attendue à beaucoup d'inconséquence chez son amant ; mais sans grande inquiétude, car elle le savait, au fond, insouciant, tendre, généreux et bon. Elle ne prévoyait pas un virage à 180 degrés comme celui-là, qui lui faisait jouer les bourgeois inquiets, les prudents et les mal partis. Cela ne lui allait vraiment pas...

– Que vas-tu faire ? demanda-t-elle avec tendresse le matin même de son départ, en le regardant s'étirer dans leur lit.

Elle voyait ses côtes sous son vieux tee-shirt nocturne, et lui trouvait l'air d'un petit garçon maigrichon, avec juste une vague mèche blanche dans ses cheveux, derrière l'oreille... Finalement, il aurait très bien vécu au siècle précédent, avec des grands gilets, des longs pantalons serrés aux genoux, des cols blancs et ronds ou des plastrons empesés, portés à même la peau en cas de misère. Où avait-elle lu ce détail ?... Zola ?... Il était jeune, François avait l'air si jeune vraiment, mais sa peau était plus douce, plus vulnérable, lui semblait-il, que dix ans plus tôt... Un élan de tendresse lui fit lâcher son chemisier de soie noire en travers de sa valise, elle fit deux pas, s'assit de biais sur le lit et le prit dans ses bras.

– Mon grand flandrin..., dit-elle, mon chéri...

Elle le tenait contre elle, elle le berçait confusément. Un rayon de soleil se glissa à travers deux contrevents, s'arrêta sur eux, éblouit les yeux ouverts et immobiles de François. Puis, comme gêné de son indiscrétion, le rayon de soleil disparut. Mais c'était un soleil très fort ; et il ne partit pas assez vite pour ne pas laisser une sorte de buée sur la pupille de l'homme enlacé...

– Alors, tu fais quoi, ce soir ?

L'après-midi était à peine entamé, mais le jour baissait déjà sous des lueurs d'orage.

– Rien, dit-il, absolument rien. Je me couche, j'ai mal au crâne... le début d'un rhume...

En fait, il dînait avec Mouna, et, bien sûr, il aurait pu et dû le lui dire. Mais si son idée d'adaptation n'était pas bonne... si cela n'aboutissait pas, pourquoi annoncer un futur échec ? En revanche, si cela marchait, il lui assurerait un retour triomphal, heureux, qu'il partagerait. C'est pourquoi, lorsque le téléphone sonna et qu'une voix apprit à Sybil, qui le répéta machinalement tout haut, que les avions ne partaient plus pour Munich, ni à Air France, ni ailleurs, François en fut-il furieux ! Il se sentit un homme surveillé par une femme jalouse ! Il ne put cacher sa contrariété et elle ne put l'ignorer non plus, ou faire semblant, tant elle était évidente et brutale. Tout cela était très bête, ils le sentaient tous les deux, mais elle, sans culpabilité : elle était debout dans leur chambre, et elle tournait le dos à François, les tempes battantes. Avant tout, elle voulait se tirer de là, l'en tirer lui, les tirer tous les deux de là.

– Écoute, dit-elle, ça m'énerve après ce que tu m'as dit, mais... il faut vraiment que je parte. Il y a un train, je crois...

Rien ne l'attendait si tôt, à Munich, le lendemain matin ; elle le savait et elle savait qu'il le savait, mais il s'agissait avant tout d'échapper à cette situation grotesque où ils s'étaient mis, et qui n'avait aucune importance (ça, elle le savait déjà, elle le savait depuis toujours ; et cette situation, on aurait bien le temps de voir ce que c'était). Mais il aurait pu au moins apprécier son mensonge à elle (même s'il manquait de vraisemblance) car il les mettait à l'abri d'une scène : c'est-à-dire d'une fureur de questions, et de la recherche instinctive et foudroyante que peut brusquement mener une femme jalouse. C'était toujours dangereux, ces scènes, quelle que soit leur origine. Il rôdait toujours autour de deux personnes, même s'aimant comme ils s'aimaient – en état de relation passionnelle depuis si longtemps –, il traînait toujours une force aveugle, inconnue de chacun et inconsciente, mais qui pouvait se réveiller par hasard, les faire hurler, se mordre, et s'infecter l'un l'autre à jamais. Une force inconnue, un démon endormi chez chacun d'eux et qui en voulait involontairement et profondément à l'autre de son amour, cet amour si imparfait. Qui lui en voulait surtout de la solitude où l'un parfois laissait l'autre égaré, la cruelle et terrible solitude qu'ils partageaient, même en se parlant d'amour...

Elle sentait son cœur battre, mais ne disait rien. Il était debout dans son dos, et il ne se rendait pas compte de la soudaine terreur de Sybil, ni des férocités que provoque la terreur. Et au moment même où elle se rendait compte de ce fait – qu'elle pouvait partir, le quitter – au moment où elle se rendait compte que l'irréparable pouvait arriver, et le visage de cet homme disparaître de sa vie, voire y être remplacé par un autre, au moment même où elle envisageait tout cela, ce double meurtre comme une possibilité quelconque, avec juste l'horreur tranquille, et, surtout, le cynisme de l'innocence maltraitée – un cynisme dont elle s'ignorait capable – le menton de François se posa sur son épaule, sa joue droite à lui contre sa joue gauche à elle. Et elle le trouva un peu chaud, en effet...

– Tu es vraiment malade, tu crois ? dit-elle d'une voix basse, coupable et stupéfaite à l'idée de François malade... Le pauvre François qui traînait peut-être une pneumonie pendant qu'elle se jouait à elle-même des mélodrames stupides...

– Mais non, dit-il, et elle le sentit sourire contre sa joue, non, je suis bête mais je ne suis pas malade, pas gravement. Ne t'en fais pas...

Et réagissant enfin comme il aurait dû le faire dix minutes, dix ans, une vie, un siècle plus tôt, il ajouta la phrase salvatrice, la phrase qu'elle-même lui avait fournie :

– Va prendre ton train, ma chérie. Je n'aime pas, d'ailleurs, te savoir en avion...

Elle hocha la tête, elle s'appuya un peu plus contre sa poitrine, et ils se balancèrent trois secondes, de la pointe des pieds au talon, très lentement, comme des convalescents. Il n'y avait pas de glace en pied dans leur chambre ; et tous deux regardaient le jardin par la porte-fenêtre : un jardin un peu flapi, à l'herbe jaune que, de toute façon, ils ne voyaient pas.

Il y avait, par chance, un train Paris/Munich, avec wagons-lits, qui partait à dix-neuf heures et arrivait le lendemain matin, tôt. Heureusement, car l'orage qui oscillait au-dessus de Paris envoyait sans cesse à l'assaut de lourds nuages noirs, chargés de fureur et de pluie ; et leurs cohortes indociles qui filaient vers l'Est et la Forêt-Noire auraient rejoint son avion bien avant qu'il n'atteigne Munich. Il y avait dans l'air cette odeur de soufre, et dans le ciel cette lumière livide et rousse qui aurait inquiété, pour elle, François. Tout en montant sa valise dans le train, en l'installant dans le filet, François se félicitait de ces hasards même s'il ne savait plus très bien duquel il était responsable. En attendant, il était sur le quai, avant que le train ne parte, il regardait Sybil qui, debout dans son compartiment, lui souriait à travers la vitre ; et il lui criait et dessinait du doigt sur la buée de la vitre : « Appelle-moi dès ton arrivée ! », oubliant que ce coup de téléphone risquait de ne pas le trouver, et aussi, de ne pas le trouver seul... Le train haletait comme un gros chien, poussait un profond soupir de fatigue anticipée, et se secouait, s'ébranlait et s'éloignait très doucement du quai... où François agitait la main au bout de son bras, qu'il avait levé trop tôt.

Quand il sortit de la gare, la bataille, là-haut, était sérieusement entamée : des éclairs fendaient le ciel, le tonnerre roulait et tombait des toits avec fracas. Une odeur d'ozone, maintenant, une odeur de campagne, d'herbe et de bois mouillés montait de la ville, une ville figée et au garde-à-vous, plus blanche et plus noire que d'habitude, ce qui annonçait la pluie. François se mit à courir pour éviter l'averse mais il fut rejoint avant de pouvoir s'abriter : la place, devant la gare, était trop grande. Ce n'était pas à des trombes d'eau qu'il avait affaire, mais à une seule, drue et sévère, avec cette violence et ce bruit uniforme de « correction » qu'ont parfois les éléments pour les humains qui les défient. François reçut plus d'eau dans ce déluge que jamais de sa vie, et il atteignit trempé sa maison du boulevard Montparnasse. Elle était, bien entendu, allumée et vide, triste comme toujours sans Sybil. Il regarda autour de lui, s'assit au bout du lit, se lamenta in petto, puis chercha quelque chose pour se sécher d'abord, et se changer ensuite.

Depuis un mois, à présent, Sybil avait renoncé à s'occuper de ses affaires, « tant, disait-elle, il contrariait tous ses efforts. Il se conduisait comme un garçon en plein âge ingrat, ou comme un homme dépourvu de tout respect pour les peines d'autrui, bref, il était hors de question qu'elle continue à ranger en vain derrière lui ! ».

Il lui restait néanmoins un costume sombre en état de marche, réservé aux premières de théâtre, aux dîners d'éditeurs étrangers, aux premières communions, surtout, tel qu'il s'en déroulait tous les ans dans la famille de Sybil : laquelle se composait de trente-neuf adultes, et d'à peu près soixante enfants (dont trente Poitevins, et trente

Slaves) tous indépendants, ceux-là, mais tous fiers de cette fertilité étonnante. « J'ai une famille de lapins... », disait Sybil à François qui, à chaque naissance, s'étonnait et s'exclamait, « j'ai une famille de lapins, parce que ce sont des lapins pieux : ils parlent mal le français, et la télévision les ennuie autant les uns que les autres ; ils n'ont que l'amour pour se distraire et, étant pratiquants, ne font rien pour en éviter les fruits... Je crois même que mes deux belles-sœurs font un concours de rapidité... C'est fou, non ? C'est atroce ! Leurs hommes sont déjà dégoûtés de l'amour... ». Elle-même avait eu une jeunesse sous des tilleuls, parfaitement démodée, déjà, à l'époque, puisque son premier amour avait été son premier amant.

CHAPITRE IX

Il était sept heures et demie du soir, et il avait rendez-vous entre huit heures trente et neuf heures chez Mouna. A neuf heures moins le quart, il monta l'escalier, se jeta un coup d'œil dans la glace et se vit plutôt élégant, malgré cet écho dans ses chaussures, ce « flic-flac » à chaque marche. Il sonna en souriant, tout à coup content de revoir Mouna, cette vieille amie, et elle lui ouvrit, habillée d'une robe de lainage sombre, classique, très bien coupée, qui lui allait admirablement, une robe des plus *comme-il-faut*, une robe de mémoire familiale, elle aussi, se dit-il... Elle l'installa avec aménité dans le grand salon, lui offrit à boire un whisky.

– Pas de Bismarck, aujourd'hui, dit-elle en souriant, mon cher Kurt n'est pas là.

Et le chapitre fut clos, quant à Bismarck. Elle-même prit un sherry, s'assit en face de lui, et ils commencèrent à parler théâtre avec la plus grande aisance, comme s'ils s'étaient quittés la veille, et comme s'ils ne s'étaient jamais appréciés que pour leur conversation. L'appartement était toujours aussi agréable aux yeux de François. Seule manquait la poudre de riz, sans doute éliminée par son rhume, et qu'il cherchait de temps en temps, machinalement, par des reniflements sans doute peu gracieux, mais auxquels Mouna ne faisait pas attention, lui parlant de la pièce avec feu et bon sens.

– C'est une très belle pièce, vous savez, mais sévère, et... comment dire, mal... mal... très mal bâtie... Vous êtes d'accord avec moi ?

– Oh oui... oh oui, dit-il. Cela fait presque un an que je trime dessus... que nous trimons dessus, pour essayer de lui donner un peu de... comment dire ?... un peu de vivacité. Et plus on lui trouve de qualités, moins on arrive à la faire partir. C'est très déprimant.

– Il faudrait faire certaines coupes, dit-elle, mais cruelles – vous le savez, j'imagine... Certaines coupes, oui. Et comme l'on avait dit, il faudrait changer les mobiles du personnage. Il faudrait le rendre un peu moins parfait – un peu plus ridicule. Vous ne croyez pas ?... Et qu'en dit, euh, Sybil ?

Elle avait hésité entre Mademoiselle Delrey et Sybil et fini par choisir le prénom. De même l'appelait-elle François. Allons, les choses se précisaient : la pièce, et les bonnes relations... mais tout cela l'ennuyait aussi, lui, à périr. Il avait envie de faire des bêtises, d'aller danser dans une vieille boîte russe, traîner dehors Dieu sait où. Il avait envie d'aller danser à Berlin ou ailleurs, mais des tangos...

– Pour dire la vérité, dit-il brutalement, cette pièce m'a toujours barbé. J'ai dit moi-même à Sybil qu'elle était inmontable, intouchable. Pour être franc, j'ai même crié au sacrilège quand elle a parlé de la modifier, tant j'avais peur de devoir recommencer quoi que ce soit. Vous me comprenez ?

– Comment cela ? Vous n'avez pas voulu qu'elle la modifie ? Tout en sachant qu'il n'y avait que cette solution, si je comprends bien ?... Ah, dit Mouna d'une voix indignée, les intellectuels !... Vous, les intellectuels, alors !

Et elle rejeta en arrière une tête épuisée, comme si elle avait passé sa vie entourée d'intellectuels maniaques et contradictoires.

– Vous dites ce mot avec exaspération, avec admiration, ou avec ironie ? s'enquit-il.

– Dans votre cas, mon cher François, je dis ça avec de l'estime, de l'affection... Beaucoup, beaucoup d'affection... Si, si... croyez-moi, de l'affection, de l'estime, de...

Quelque chose se leva alors dans la gorge de François, ou dans son sang, quelque chose d'imprévisible par son excès, et de ce fait, cocasse, « le genre de choses dont on ne se repentait jamais, se dit-il, mais qu'on ne s'expliquait jamais non plus »...

– Ne me parle pas sur ce ton, veux-tu, dit-il d'une voix plate mais furieuse, qui fit reculer Mouna sur sa chaise. Elle eut même un mouvement de peur et leva machinalement la main devant son visage pour se protéger de lui, comme s'il allait la frapper.

« Cette pauvre femme est paranoïaque, ma foi ! » se dit-il. Mais il était vrai, et il s'en rendait compte, qu'il aurait pu, et même volontiers, la frapper dix secondes plus tôt. Il en restait tout étourdi, honteux, honteux sans vraie honte, coupable vis-à-vis d'elle, mais pas de lui. Car frapper une femme lui avait toujours paru le comble de la médiocrité chez un homme, à moins que celui-ci n'arrivât qu'au menton de sa victime. Il y eut un silence entre eux, mais un silence serein, tant leur discussion était claire et facile à régler. Il ne dépendait que d'elle de supporter ou non la vérité : qu'il n'était pas amoureux d'elle, mais amoureux de Sybil. Et il ne dépendait que de lui de supporter sa réaction à elle, cette réaction qui était peut-être : « Ça m'est complètement égal, ce n'est pas ce qui m'intéresse. Soyons clairs et logiques. » Ils en étaient là, et elle le savait depuis plus longtemps que lui. Il se mit à rire et lui tapota la main. Mais sans condescendance ni nervosité : il lui tapota la main et y laissa la sienne, avec une lenteur et une tendresse qui n'avaient rien de désinvolte. Finalement, ils étaient tous les deux extrêmement susceptibles.

– Où voulez-vous dîner, François ? demandait la voix de Mouna venue du petit salon, en même temps qu'un bruit de verres, de glaçons et de bouteille qu'on débouchait – du meilleur effet sur François qui se sentait à présent sérieusement enrhumé. Bien entendu, personne pour le soigner, sinon cette pauvre femme, évidemment prête à lui administrer, faute de Bismarcks, des médicaments !

– Vous avez soif ?

– Je n'ai jamais eu aussi soif.

– Après toute l'eau que vous avez reçue ? C'est incroyable ! (Et elle riait, en plus !) Tenez, François, voici un honnête whisky. Non, sérieusement, vous devriez prendre un peu d'aspirine avec... Vous êtes tout rouge, avec les yeux cernés. Allez, secouez-vous ! On va aller chez Dominique.

Elle descendit l'escalier devant lui en chantonnant *Les Deux Guitares*, air folklorique, et, sur le trottoir, lui montra une voiture sombre, luisante encore de la pluie :

– Vous savez conduire, François ?

Il jeta un coup d'œil dubitatif à la superbe Mercedes, juste assez atteinte par l'âge pour être élégante. Elle était noir olive, longue, et, à l'intérieur, l'odeur du cuir était d'une vigueur remarquable.

– Je n'ai pas conduit ces engins depuis des années, dit-il quand même par honnêteté, avant de se mettre au volant.

Elle haussa les épaules. Il était clair que, pour elle, les routes, les kilomètres, les automobiles, les péages, les stations-service, etc., appartenaient et obéissaient aux mâles. Il trouva toutes les manettes assez rapidement, sauf les phares que Mouna, sans un mot, lui alluma dès qu'elle le vit à leur recherche. Il démarra aussitôt, traversa le Rond-Point et la place de la Concorde comme une flèche, et s'engagea dans le boulevard Saint-Germain – dont les arbres étaient d'un vert bleu de poussière. Mouna, tout à coup éblouie, trouvait Paris admirable.

Et il est vrai qu'après la pluie diluvienne, la découverte soudaine d'un ciel bleu nuit, vide, délavé, un ciel raboté, séché et lissé par des anges repentants et appliqués, un ciel glissant comme une patinoire mais aussi romantique et tiède, cette apparition, bref, après ces durs orages, dilatait le cœur et le regard d'un sentiment de revanche bien proche du bonheur. (Ce bonheur confus, rare, inexplicable et aberrant, ce bonheur aussi physique que poétique d'être né dans ces folies, ces circonvolutions astrales, dans ces gigantesques tourbillons issus de mille anéantissements préalables, le bonheur de faire partie de ce monde sauvage, inconcevable et incompris.) Et il retrouvait de temps en temps, mêlées dans une coïncidence contradictoire, l'impression du temps qui file et celle de sa lente existence. Il se sentait vieux, puéril et vulnérable.

Et il se disait avec amusement que Mouna était soumise aussi à ces doubles courants, sinon qu'elle était jeune et vieille depuis plus longtemps que lui, c'est-à-dire plus vieille, bien entendu, et de ce fait, plus forte et plus crédible. Ces obscures notions et ce ciel limpide, ce n'est pas en allant chez Dominique qu'il les perçut, mais au retour, après de nombreux toasts à la vodka.

Si la vodka fit son œuvre habituelle, quelque chose d'autre en fit autant qui ressemblait à l'affection. Finalement ce dîner aurait fort bien pu être le centième de ce genre entre eux, et cent autres auraient pu venir, tous aussi gratuits et tous aussi inoffensifs aux yeux de n'importe quel tiers.

Il sortit de la voiture, en fit le tour et aida Mouna Vogel à en descendre. Lui tenant le bras, il la raccompagna jusqu'à la porte cochère où elle se retourna vers lui. La lumière diffuse des nouveaux réverbères parisiens était très seyante pour une fois.

Il se pencha, l'embrassa dans le cou et aspira en vain, de toute la longueur de son nez, malheureusement bouché. Il ne sentait rien, ne respirait rien, il la voyait mal... Il se sentait un vieux cheval bancal et soûl.

– Je vais rentrer, dit-il très vite. J'ai un rhume effrayant ! Il y a une station de taxis à droite, non ?

– Tout près, confirma-t-elle de sa voix tranquille.

Et se dressant sur la pointe des pieds, elle lui embrassa le menton avec gentillesse, attrapa ses clés et se glissa dans le hall en moins de deux secondes. Elle disparut aussitôt, et il alla chercher son taxi sans le moindre sentiment d'une soirée réussie ou ratée. Mouna Vogel en était sans doute encore moins sûre que lui puisque, une fois dans sa chambre, elle se regarda longuement et froidement dans la glace, dans sa petite robe si chic et si digne, avec son collier simple et ravissant et ce bon genre qu'elle avait choisi pour ce jour-là. Et qu'elle n'adopterait plus, mais alors plus jamais.

CHAPITRE X

Le téléphone restait muet et François, décidément insomniaque et frissonnant, oublia sa bonne humeur cosmique de tout à l'heure pour une sorte de mélancolie nocturne, d'autant plus sinistre qu'une lumière plate et creuse éclairait la pelouse. Et il s'avouait que, même s'il avait toujours envisagé pour cette soirée une fin innocente – malgré les quiproquos entre lui et Sybil –, il se sentait aujourd'hui comme désœuvré, privé de cette ligne de force, cette pulsion vers le futur qu'engendre tout projet nanti d'une date précise, même si ce projet n'a pas été vraiment défini. D'ailleurs, se disait-il, ce n'était pas sa faute : Mouna ne faisait pas la moindre allusion à leur passade. Elle dînait seule avec lui, habillée en bourgeoise, lui tenant la conversation la plus charmante mais la plus lointaine qui soit. Elle s'enfuyait chez elle à la première occasion. Non, elle avait peut-être eu pour lui un moment d'intérêt, mais il avait été très court, peut-être très cru, et sans suite. Ou bien l'existence de Sybil compliquait-elle trop les choses à ses yeux ? Ou alors était-ce la fameuse pièce dont elle rêvait vraiment, comme une directrice de théâtre folle de son métier et prête à tout pour son succès ? (François n'en avait jamais connu de ce genre ; les actrices pouvaient tout faire pour un rôle, et les metteurs en scène pour un film, mais les directeurs de théâtre, soumis à des problèmes économiques plus qu'artistiques, squeezés par les frais et les impôts, n'avaient plus de ces enthousiasmes à fonds perdus.) Et puis la pièce telle que la voulait Mouna n'existait pas encore. Encore fallait-il que Sybil consente aux changements. Non, en réalité, il ne voyait pas d'intérêt professionnel pour Mouna à dîner avec lui, il lui fallait bien se dire qu'il avait dû lui plaire un court moment sur ce divan, grâce aux Bismarcks, peut-être, mais que, faute de cocktail et de désir chez elle, cela s'était arrêté là. Et lui-même, en avait-il eu envie ce soir ? Il hésitait. En réalité, il en aurait eu envie s'il l'avait sentie chez elle, s'il avait eu l'impression d'exister et non d'assister à un dîner déjà déroulé, l'impression de remplir un rôle déjà écrit où il n'avait qu'à suivre sa partition sans intervenir. Et tant mieux, car il n'avait rien à ajouter. Il avait eu assez d'ennuis déjà, avec Sybil et ces propres et stupides mensonges, sans s'amuser à tout concrétiser par pure vanité.

Il était à sa table de travail, mais le temps ne passait pas, et il n'avait toujours pas écrit son article hebdomadaire pour *L'Actualité* sur la politique de l'ONU. Il s'était mis en colère, à ce sujet, en parlant avec le directeur du journal, colère qui le faisait bégayer jadis, et répéter ses arguments, mais qui à présent lui servait de tremplin et l'aidait à écrire : sans doute parce qu'il supportait mieux la colère et les horreurs qui la provoquaient. Il vieillissait. Il se remit devant sa machine. Il était dans sa robe de chambre froissée, il avait mal au dos, et plus encore à la nuque comme chaque fois qu'il travaillait à cette table. Un air froid passait par la fenêtre. Il lui manquait Sybil derrière lui, et ses cheveux cachant son profil et ses hautes pommettes. Sybil et son souffle tranquille. Il se recoucha. Il lui fallait dormir, fût-ce deux heures, avant d'aller à la maison d'édition. Il s'allongea et, dans un mouvement puéril, posa la tête sur l'oreiller voisin, celui de Sybil. Mais son rhume était impartial : il ne sentait rien, pas le moindre parfum, rien, sinon le grain de la taie d'oreiller, et il roula pour retrouver sa place.

– Allô ?... Puis-je parler à M. Rosset, s'il vous plaît ?

La voix n'était pas familière mais dès qu'il l'eut reconnue, elle parut à François la plus rassurante et la plus intime qui soit.

– Mouna, dit-il.

– Vous ne dormez pas ?

Il jeta un coup d'œil à sa montre : il était une heure et demie, ils s'étaient quittés à minuit, ce qui leur laissait, ou leur aurait permis plutôt, une nuit fort convenable. Mais elle ne parut pas le remarquer.

– Bien sûr que non, je ne dors pas.

– Je suis sûre que vous étiez comme moi, que vous ne pouviez pas dormir. Depuis notre retour, je tourne et je retourne dans cet appartement, « si intime et si luxueux », dit-elle avec une intonation admirative et sotte dans la voix qui stupéfia François une seconde, avant qu'elle ne continue : C'est ce grand dadais d'Adrien Lecourbet qui le dit partout. C'est lui le décorateur, évidemment, expliqua-t-elle sur un ton plus triste, qui le fit rire tout à coup.

– Pourquoi n'en avez-vous pas pris un autre ? Remarquez, il est très joli, celui-ci, je n'y connais rien...

– Moi non plus ! dit-elle. C'est ça qui est tragique. Et puis ce Lecournet est si content que je le laisse s'extasier à tous les échos. Ce pauvre Lecourtet qui doit toujours prendre l'air discret et ignorer tout de tout... Quel métier...

– Il s'appelle Lecourset, votre décorateur.

– Lecourset ! s'exclama-t-elle, comme si Lecourset fût plus saugrenu que ces autres Lecournet ou Lecourtet.

Et elle se mit à rire pour de bon. François envia ses voisins de l'avenue Pierre-Ier-

de-Serbie : rien ne lui plaisait davantage qu'un rire de femme dans la nuit.

– Je dois donner une soirée, dit-elle, pour l'appartement et pour le théâtre, vers la fin du mois... (elle retomba dans la mélancolie). Des vieux amis, des hommes nouveaux, tout ça, tout ça...

Il se demanda ce qu'il aurait fait, tout à l'heure chez Dominique, si elle avait montré cette gaieté désolée qui, brusquement, lui serrait le cœur.

– Vous êtes triste ? demanda-t-il.

– Non, j'ai un peu le cafard, ce soir..., dit-elle sur un ton d'excuse si sincère qu'il leva instinctivement un bras, la paume de la main étirée et tendue, comme pour l'arrêter dans des excuses qu'elle ne lui devait à aucun prix.

Comme si elle eût pu voir cette main et ce bras tout dévoués à sa cause...

– Quand même, reprit-elle d'une voix plus basse, vous m'avez bien fait rire chez Dominique... C'est que j'aime bien rire, acheva-t-elle avec la satisfaction paisible que peuvent mettre aussi dans cet aveu les gens qui aiment bien manger, et même faire un détour pour un plat.

– Moi aussi, admit-il avec un moment de retard.

Il constatait un certain décalage entre ses idées et ses gestes. Il sourit dans le vide, sentit sa bouche se tordre, son nez se retrousser, et il éternua violemment, puis une deuxième et une troisième fois. La porte-fenêtre s'était ouverte, un courant d'air traversait la pièce, et une série de frissons violents et désagréables le secouait, tandis qu'il recherchait de la main droite, sous son drap, des Kleenex qu'il y avait peut-être mis tout à l'heure. La voix de Mouna, inquiète et sifflante, passait de temps en temps dans l'écouteur, entre deux éternuements de François. Son record avait été vingt-deux fois, un jour, à Rome. Pourquoi Rome ? Il ne savait plus.

– François, respirez à fond et expirez lentement, très lentement... Forcez-vous, je vous en prie, il faut calmer votre respiration.

Il continuait à tousser, et maintenant il haletait : une bonne bronchite, ou une bonne pneumonie... Il allait mourir tout seul sur ce lit en pagaille, dans cette robe de chambre fripée, dans cette pièce glacée... En même temps, il se savait, il se sentait immortel depuis toujours.

– Mon chauffage est arrêté depuis ce matin, dit-il enfin. Il fait froid ici...

– Mais où est Sybil ?

Sa voix était sévère. Elle en voulait à Sybil de ne pas s'occuper mieux de François. C'était drôle, les femmes, vraiment.

– Elle est à Munich, heureusement, dit-il avec mansuétude. J'aurais été obligé de l'emmener à l'hôtel, autrement.

– Il faut que vous y alliez tout seul. Vous allez attraper un virus.

– Pas question ! J'ai froid, j'ai le cafard et je suis bien dans cette chambre. Je ne vais pas aller traverser le boulevard venteux pour me retrouver dans un endroit sinistre, sans même un ami ! Merci bien...

Il n'y allait pas de main morte, reconnut-il lui-même, c'était vraiment le chantage le plus abusif, les arguments les plus plaintifs qu'il eût jamais employés avec une femme (une femme qu'il avait quittée délibérément et en sifflotant, de son plein gré, deux heures plus tôt...).

– Bon, dit-elle, la voix lasse, prenez un taxi et venez ici. J'ai deux chambres et de l'aspirine vitaminée ; et surtout un bon chauffage. Je suis toujours au 123-B, au cinquième étage.

– Merci, dit-il.

Il ne pouvait pas ne pas se féliciter pour ses puériles manœuvres et son entêtement, comme pour le vice qu'il lui fallait maintenant pour repartir vers cette avenue, à l'autre bout de Paris et à deux heures du matin, dans son état de déliquescence, de fatigue et d'indécision. Il n'avait pas d'estime ni de penchant pour sa personne en général – ni de mépris – mais il avait toujours aimé, et presque admiré chez lui-même, ces moments de folie et de confusion mentale qui le rendaient premier complice de son imagination, fidèle public de ses comédies, aussi étonné par ses délires que sceptique sur ses talents. Il passa sur son pyjama un chandail à col roulé, du mauvais côté, jura, le fit tourner sur sa tête, se retrouva aveugle, s'étala sur son lit et finit par arriver, haletant et essoufflé, à la porte. Il dut rentrer pour appeler un taxi, l'attendit une demi-heure dehors et se sentit à l'agonie.

Quand elle lui ouvrit la porte, il tomba pratiquement dans les bras de Mouna qui, le tirant par la main, le guida jusqu'à une chambre d'ami où flambait un petit feu de bois. « Bravo..., se dit-il confusément : avec vingt ans de plus dans chaque rôle, voilà que nous jouons *Le Diable au corps.* » Il s'était assis sur le lit, il regardait les flammes, il n'avait plus froid, plus peur, plus envie d'éternuer ni de tousser, il n'était plus seul ni malheureux. Mouna, qui revenait avec un grog mi-thé, mi-rhum, le vit tourner vers elle un visage détendu par la gratitude et la ferveur des fièvres. Elle avait une robe de chambre en soie prune, glissante et douce ; et c'est tout naturellement qu'elle s'arrêta devant lui quand il tendit le bras dans sa direction. Il mit la joue contre son corps, rabattit les pans de la robe de chambre autour de sa propre tête et, dans le noir odorant de cette tente improvisée, il respira profondément le parfum d'une peau douce et de la poudre de riz.

CHAPITRE XI

La chambre donnait sur une cour, une cour silencieuse qu'occupaient en exclusivité des pigeons bavards et niais, froufroutant, dans le petit matin déjà appuyé aux volets. On sentait que les murs étaient épais, solides, comme dans tout ce quartier de la Plaine Monceau dans lequel lui-même avait été élevé. Il s'était réveillé face à cette fenêtre, mais sur le côté, les genoux repliés et le torse protégé par une veste de pyjama qui lui tenait chaud et compagnie. En tout cas, il n'avait plus de fièvre ni de migraine. Il sentait la présence paisible de Mouna dans son dos, cette femme qui l'avait accueilli dans son appartement, puis dans sa chaleur et dans ses bras, qui l'avait réchauffé, soigné, et lui avait fait plaisir. L'idée qu'elle était là, à l'autre bout du lit, l'émouvait, et lui donnait une étrange impression de tendresse et de gratitude, bien loin de toute légèreté lubrique ; et même, plus bizarrement encore, une image naïve, pieuse, « à l'antique », comme un tableau de Millet... « A l'antique... » Mouna en bergère, avec lui en berger, au bois de Boulogne, à sept heures du soir... à l'angélus : lui enlevant son béret et elle retirant son foulard d'Hermès, les mains jointes tous les deux, en attendant d'aller boire leur Bismarck chez elle... Un rire incongru lui échappa, une sorte de hoquet : ces pensées hagardes auraient découragé Mouna de recevoir un intellectuel au milieu de la nuit. Il referma les yeux, chercha à se rendormir. Mais les pigeons redoublaient leurs roulades, lui semblait-il, juste là, dehors, à le toucher, et le provoquaient.

– Quels demeurés, ces pigeons..., dit-il, très bas, comme s'ils étaient trois dans le lit : Mouna, à qui se plaindre des pigeons, un inconnu à ne pas réveiller, et lui-même. Ou peut-être avait-il quelque scrupule inconscient à réveiller Mouna... Quelle heure pouvait-il être ? De toute manière, Sybil ne rentrerait que le soir, si elle rentrait aujourd'hui. Il n'avait pas remis sa montre hier, en revenant à l'appartement, et cela l'énervait.

– Mouna ! dit-il à voix haute, en détachant son regard de la fenêtre et en se remettant sur le dos.

Il jeta un coup d'œil vers l'extrémité du grand lit, là où il aurait juré l'avoir vue, dix minutes plus tôt, extrémité qui se révéla vide.

– Mais..., dit-il sur un ton grondeur et angoissé à la fois.

Il tâta nerveusement le lit et le drap à la place présumée de sa maîtresse, avant de se résigner définitivement à son absence.

Elle n'était pas là. Il était seul dans cette chambre, avec les pigeons, son ignorance de l'heure et ses idées qui déraillaient. Il passa les dix minutes suivantes à hésiter. Bien sûr, il pouvait se lever et partir à la recherche de Mouna, mais – outre qu'il n'avait qu'une veste de pyjama, qui même si elle était longue et décente ne lui donnait aucune envie de rencontrer dans les couloirs le fidèle valet de chambre venu de Dortmund – il ignorait complètement et l'horaire, et les habitudes, et la configuration de l'appartement de Mouna – ce qui l'exposait à toutes les rencontres désagréables, en tout cas pour elle. Ses vêtements étaient sûrement dans une salle de bains voisine, mais à quelle porte correspondait-elle ? Il se sentait ridicule, et même pas justifié à se plaindre puisque c'était lui qui avait insisté pour revenir et pour rester là. Et si jamais elle était habituée à ces rencontres nocturnes ? Et si elle était partie pour le théâtre en lui laissant, au mieux, un mot dans l'entrée ? Allait-il passer sa matinée à hésiter dans cette chambre à demi achevée, avec ces pigeons dégénérés piaillant à côté de lui ?

Il remettait pour la quatrième fois un pied décidé sur la moquette quand il vit la porte s'ouvrir lentement et quelqu'un s'y faufiler ensuite, avant de la refermer. Une forme se glissa dans le lit, à cinquante centimètres de lui, une forme silencieuse, attentive à son sommeil supposé, et l'odeur de poudre de riz, suivant fidèlement son arrivée, acheva d'en prouver l'identité. Soulagé, attendri et ravi, François la prit dans ses bras.

Elle était agréablement rebondie, ferme et incroyablement douce de peau, partout, et elle avait cette voix aimable, frivole et polie, si démodée, c'était vrai, mais tellement plaisante dans ce siècle d'onomatopées. C'était, parmi ses défauts, ceux provoqués par son âge qui plaisaient à François. Il était bien parti : il éprouvait de la tendresse pour cette femme. C'était la seule explication à cette matinée et à cette nuit confuse, en plus de la sensualité. Et encore, la sensualité lui semblait-elle, dans ce cas, plus étrange que la tendresse. Il n'avait jamais éprouvé facilement le contraire : ni l'animosité, ni le mépris, ni la haine ne lui étaient faciles. En revanche, il n'avait jamais eu de maîtresse, non plus, qu'il eût à expliquer physiquement (ces extrémités lui semblaient d'ailleurs impensables). Et pourtant, quand un homme s'arrangeait pour passer sa seule nuit de liberté avec une certaine femme (et même si ce n'était, pour lui, qu'une possibilité au départ de la soirée, et même s'il y renonçait au milieu), le fait qu'il se retrouvait avec elle à la fin signifiait quand même une attirance certaine. Et précise.

C'est à ce moment-là de la matinée qu'elle lui déclara, de sa voix douce, un peu traînante – cette voix atonale qu'elle prenait pour lui dire ce qui l'intéressait, ou la touchait vraiment – qu'elle lui déclara, donc, qu'il était beau.

– Tu es beau, dit-elle, tu es si beau...

Il en resta interdit car, si un certain nombre de femmes lui avaient évoqué ses charmes, aucune n'était allée jusqu'à ces paroxysmes. Aussi se mit-il à rire, assez flatté de l'outrance, venant d'elle qui avait été discrète sur leur singulière passade au point de ne pas en sembler consciente.

– Pourquoi ris-tu ? On ne te le dit pas ? On ne te l'a jamais dit, peut-être ?

Et elle riait à son tour, se moquait de cette « invraisemblance ».

– Je t'assure ! dit-il. Personne n'a jamais essayé de...

– Ce n'est pas vrai... On ne t'a jamais expliqué en quoi c'est irrésistible, là ?...

Elle posa la main sur son cou, et d'une voix basse, lui expliqua des choses folles et précises sur l'angle de sa bouche et la longueur de sa joue et de l'espace au-dessus de son nez, en passant légèrement son index sur les points en question, avec sa voix sérieuse. Et pendant qu'elle parlait encore et encore de son visage à lui, il sentait contre son cou battre ses cils, « trop longs », d'après Sybil et la jeune femme amie de Sybil.

Puis elle lui parla de la façon dont il entrait et bougeait dans une pièce, et il avait les sourcils froncés sous l'effet de la surprise, de l'amusement, et de l'affection, une fois de plus, car il ne ressentait toujours pas de gêne : il aurait peut-être dû, mais la gêne était le dernier sentiment qu'elle lui inspirât. C'était bizarre, l'aisance qu'il avait avec cette étrangère : une femme qui n'était ni de son milieu, ni de son métier, ni de sa génération, et à peine de son pays, à présent.

– Tu es folle..., disait-il.

Et soudain les deux paupières, les deux plumes battantes à la racine de son cou le quittèrent, et elle releva la tête en disant :

– Mon Dieu, tu as faim... tu as soif...

Et elle arrêta net la description de Don Juan qu'elle avait entamée. Il en ressentit un bref dépit amusé, pendant qu'elle se précipitait, en robe de chambre, vers la cuisine.

Sybil rentrait le soir même avec le dernier avion d'Air France, comme le lui avait appris la secrétaire du journal. Il l'annonça à midi à Mouna, qui lui demanda juste d'emporter et de lire le début de traduction de *L'Averse* telle qu'elle l'avait imaginée et telle qu'elle avait été revue par un adaptateur, d'après ses idées.

– En fait, lui dit-elle, il n'y a que Sybil, et peut-être toi, qui ayez des droits sur ce texte. Si elle plaît comme ça à Sybil, j'aimerais bien la monter dans mon théâtre, mais cela ne dépend que d'elle.

Comme il avait le temps, et l'envie, de rester là, et non de se retrouver seul dans la maison de Montparnasse – que leur camériste intérimaire avait dû ranger ce matin, et où il ne saurait que remettre du désordre –, il s'installa, sur les prières de Mouna, dans le canapé du grand salon, et commença sa lecture.

Le héros de la pièce était un homme innocent, ridiculisé par sa femme, et dont le comportement avait toujours attendri Sybil plus que lui, à cause d'un réflexe masculin qui les avait bien fait rire. C'était un personnage émouvant, mais slave, qui devait être joué avec un maximum de retenue pour ne pas le rendre consentant et incompréhensible pour un public occidental. Dans l'adaptation, ou dans la conception, de Mouna, il était au contraire coupable de son ridicule, car il le provoquait en étant prétentieux, prophétique et condescendant, ce qui le rendait odieux, mais désopilant. La femme en devenait plus sympathique et l'amant plus habile, etc. Au point que l'on pouvait se demander si ce n'était pas la première idée de l'auteur et si cette pièce attendrissante et pure, qu'il avait finalement laissée à Sybil, était bien la bonne. François se surprit à rire à voix haute en la lisant – et il était pourtant traducteur, avec Sybil, de la première version et hérissé d'avance à l'idée de ces déformations, dites comiques. Sauf que celles-ci l'étaient vraiment. Mouna avait raison sur ce point important : la pièce serait facile à monter (le rire étant devenu la principale attraction du théâtre), facile à jouer et sans doute facile à garder sur une scène pendant des mois.

Mouna était partie pour le théâtre avant qu'il ait fini sa lecture. Il déambula un peu dans l'appartement, libre qu'il en était, grâce à la présence de Kurt le dévoué, qui préparait dans la cuisine quelque mets à l'odeur alléchante. François s'imagina, pour rire, rentrant chez lui, le soir, pour se mettre à table devant un dîner ordonné par Mouna pour son don Juan, et il eut un sentiment nostalgique comme s'il n'avait jamais connu ces heureux temps. En fait, les spaghettis « at home » et le restaurant étaient les deux mamelles de son existence. Il ne voyait vraiment pas comment Sybil, après ses journées de travail, aurait eu le temps et l'envie de lui faire des petits plats.

Il acheta quelques roses fraîches et les installa dans un vase de l'entrée. Le rendez-vous de Sybil avec son fameux danseur avait lieu vers midi, et elle devait déjeuner avec lui avant l'avion. Sans doute avait-elle peu dormi dans le train et sans doute serait-elle épuisée en arrivant. Il apporta donc une pizza et un poulet froid, à tout hasard. La maison était en ordre, heureusement. Il avait même eu le temps d'écrire l'article pour son journal en rentrant, et de l'envoyer sur le fax de Sybil. Il hésita plus longuement sur la place à réserver au manuscrit de *L'Averse* : le laisser traîner était idiot, le mettre en évidence aussi, les deux entraînant sur sa provenance une explication qu'il n'avait pas encore élaborée. Il finit par le cacher entre ses propres papiers. Sybil n'irait jamais y fouiller et cela lui laisserait le temps de trouver une histoire qui se tienne – avec ou sans la complicité de Mouna, laquelle, encore impossible la veille, lui paraissait à présent comme allant de soi. En attendant l'heure de l'avion plus la demi-heure qui les séparait d'Orly, François reprit le fameux manuscrit et tenta de poursuivre selon les nouvelles interprétations de Mouna ; cela marchait admirablement sur le mot à mot qu'il avait effectué avec Sybil. Cela marchait très bien, très vite, et il retrouvait ce comique absurde et délirant qui transformait, sans le dénaturer, le texte d'origine. Curieusement, il en devenait même plus vraisemblable. La naïveté de la première version lui semblait moins originale que ce cynisme qui la remplaçait. Il sursauta quand neuf heures sonnèrent, remit le tout dans ses paperasses et s'étira. Il avait eu l'impression pendant quelques heures de voler d'idées en idées à partir d'un texte qui, pourtant, n'était pas de lui. Il avait l'impression de le recréer.

A dix heures, la sonnette retentit trois fois, et le bruit des clés dans la porte précéda d'une seconde le geste de François pour l'ouvrir en grand. Décoiffée, démaquillée, charmante et rajeunie, Sybil lui sauta au cou. « Elle a l'air d'une gamine », se dit-il dans un élan de tendresse et d'enthousiasme pour sa beauté. Il la serra contre lui et respira cette odeur, si familière qu'elle lui donnait envie de remercier quelque chose ou quelqu'un.

– Mais quel accueil ! dit-elle en riant, l'œil heureux. Je ne suis partie que vingt-quatre heures ! Tu n'es pas étonné de me voir ?

– Bien sûr que non, je ne suis étonné que lorsque tu n'es pas là, dit-il, sans se rendre compte de la double interprétation possible de sa phrase.

Elle ne l'envisagea d'ailleurs pas plus que lui, tant ses sentiments étaient loin des siens. Mais le poids de ces vingt-quatre heures, de sa cavalcade effrénée en train, en taxi, en avion, de son insomnie, de sa fatigue et de ses efforts auprès du concierge de l'hôtel et de la compagnie d'aviation, de sa hâte, le poids de tous ses efforts et de tous ses espoirs, sans doute exagéré par rapport à leur vieille liaison, mais léger vis-à-vis de son amour pour lui, ce poids déclencha en elle une sourde douleur, un manque, l'impression d'une terrible duperie – imputable à la vie, et pas un instant à François, sa nature ou ses agissements. Douleur qu'elle avait déjà ressentie dans le passé, comme tous les gens amoureux, et qu'elle ne taxa donc pas de nouveauté.

Pour se remettre, elle prit un bain chaud, son remède habituel contre la fatigue. Dans la baignoire, il lui parla de son article, le lui lut, et s'intéressa avec une curiosité amusée à son Munich et à son danseur. Il ne flottait pas la moindre jalousie dans ses questions : inconsciemment il devait juger surfaite la réputation d'homme à femmes de celui-ci. Il lui lava le dos, s'émerveillant brusquement d'avoir une grande fille aussi bien développée. Il le lui dit et elle en rit, mais déclina aussitôt tout projet amoureux : elle était exténuée. Elle aurait même du mal, dit-elle, à manger son poulet. Il ne protesta pas. De toute façon, pour lui, la sensualité était ailleurs. Il en était inconscient et il ne savait pas où elle pouvait être, et ne se le demanda même pas ; mais la sensualité était ailleurs.

On ne remarquait pas le moindre pigeon, boulevard Montparnasse ; des merles passaient, des moineaux, bien sûr, et la nuit, souvent, une chouette. On y entendait parfois, ou on croyait y entendre, des cris de mouettes qui, d'après des gens renseignés, fuyaient à présent la mer et les immondices qu'elle transportait pour se replier vers les terres. Mais cette idée les écœurait, comme toutes les anomalies dénoncées de plus en plus souvent par les écologistes, ou par quelques terriens observateurs et effrayés.

Ce furent donc des pépiements qui troublèrent le sommeil de Sybil. Elle se réveilla, découvrit aussitôt qu'elle était à Paris, dans sa maison, près de son amant, et referma les yeux sur sa sécurité. Mais il était près de neuf heures et elle se précipita vers la salle de bains, puis s'habilla sans faire de bruit pour ne pas réveiller François – non sans faire tomber certains objets dans son envie de lui parler. Mais il dormait comme un loir, enfoui dans son oreiller, le visage invisible, ce qui lui arrivait rarement. Finalement elle partit comme une voleuse.

François releva la tête après son départ. En réalité il était réveillé depuis longtemps, mais il avait faim de sommeil, auprès de lui-même comme auprès d'elle, replongeant dans des pensées confuses et lointaines pour ne pas affronter les plus proches. Il était toujours un peu grippé et, chez lui, les malaises moraux étaient étroitement liés au physique. Bref, il n'était capable de sottise et de folie qu'en excellente santé ; comme beaucoup de gens, la fatigue le ramenait aussitôt à la morale, à la responsabilité et au souci d'autrui.

C'est en s'habillant qu'il vit tout à coup le chandail de Mouna, ou de son mari, ou de son amant, posé sur le fauteuil. Il ne l'avait pas rangé la veille, et son bleu pâle dépassait de sa veste sombre. Ce n'était pas croyable ! Il avait rangé tous les papiers, toutes les traces, croyait-il, de ces vingt-quatre heures, et il avait laissé cette preuve au premier plan... Il réfléchit rapidement à toutes les explications plausibles : un chandail emprunté à un copain et retrouvé dans un tiroir, mais Sybil connaissait mieux que lui son maigre trousseau. Un chandail acheté la veille ? Il le détailla : à la limite, c'était possible encore que la marque en fût décousue d'un côté ; mais où l'aurait-il acheté ? N'importe où sur le boulevard ? Oh, et puis, cela comme le reste, il fallait attendre que Sybil lui en parle. Pourquoi se jeter au-devant de tout ? L'avait-elle même vu, ce chandail ? Non, elle lui en aurait parlé tout de suite. Ce n'était pas une femme à entretenir des soupçons, mais à les dissiper aussitôt. Il devait de toute manière téléphoner à Mouna avant onze heures, chez elle, et il s'étonna un bref instant que ce coup de téléphone, si aléatoire l'avant-veille, lui paraisse aujourd'hui une habitude normale, mais une habitude pour une fois opposée à son devoir.

« Où vas-tu donc ? » se demanda-t-il pour la première fois, en se rasant devant le miroir. Il n'en savait rien, sinon qu'il ne ferait jamais de mal à Sybil. C'était la seule évidence. « Jamais ! » se répéta-t-il avec force et à voix haute, avec d'autant plus de décision qu'il manquait de conviction. Si elle apprenait pour Mouna, Mouna et lui, serait-elle blessée, horrifiée ou vexée ? Il aurait confusément préféré qu'elle se moquât de lui, de l'âge de Mouna, etc., ce qui rendrait les choses moins médiocres de sa part à lui, puisque plus médiocres de sa part à elle. (Le comportement passionnel et vindicatif des femmes, dans ses quelques ruptures, autrefois, lui avait généralement permis de s'en tirer sans trop de honte.) Finalement, il était ennuyé, comme chaque fois qu'il n'était pas puni pour ses fautes.

« Madame est sortie, lui apprit Kurt, le dévoué, elle demande que monsieur Rosset l'appelle au théâtre. » Quand il l'eut au bout du fil, elle avait la voix mondaine, un peu trop forte, que prennent certaines femmes au téléphone, et qui révèle impitoyablement leur âge ou leur génération.

– Bonjour, dit-il, c'est François Rosset.

– Ah, monsieur Rosset, dit-elle, quelle coïncidence. Je parlais de vous justement avec notre ami Berthomieux.

– Non... quelle coïncidence ! reprit-il.

Et dans un réflexe de dérision et de cocasserie, dans un élan de gaieté qui l'étonna et l'inquiéta – et qu'elle dut sentir elle-même, d'ailleurs, la pauvre... –, il commença. (Elle était vraiment trop exquise.)

– Que disiez-vous donc, avec ce bon monsieur Berthomieux ? Vous savez qu'il a très mauvaise réputation, ma chère Mouna.

– Pardon ?... Que dites-vous ?... Je vous entends très mal.

– Je dis qu'il passe pour un fameux pervers. Ça va vous paraître un point de vue bien masculin, mais physiquement, c'est vous que je préfère, mille fois. Je vous trouve mille fois mieux que Berthomieux, vous savez.

– C'est ça, c'est ça, dès que vous voulez. (Elle criait presque.) Dans combien de temps ?

– Me garantissez-vous une entrevue décente ? Car je ne vous cacherai pas, chère amie, que si le petit Berthomieux doit se livrer sur moi à des voies de fait, je m'adresserai carrément à la Préfecture. Le préfet est un de mes amis.

– Eh bien, nous verrons, nous verrons à ce moment-là..., cafouilla-t-elle.

– J'arrive alors, si vous me jurez que...

Il y eut une sorte de tintamarre dans l'écouteur. Il entendit crier : « Attention, voyons ! » Et la voix de Berthomieux, tout de suite :

– Allô ?... Monsieur Rosset ?... Je ne comprends rien à ce que me dit Mouna... Est-ce que vous pouvez venir ou pas ?... Oui ?... Bon, c'est bien ce que je pensais... Monsieur Rosset, oh, vous permettez que je vous appelle François, non ? Et appelez-moi Henri, ce sera plus simple. Je vous attends, donc, cher François... Ne quittez pas...

Le téléphone resta silencieux une demi-seconde, et la voix de Mouna revint, une voix désincarnée, désespérée, épuisée, une voix essoufflée, très probablement ce qu'on nomme « une voix blanche ». Il se mit à rire.

– Vous voyez ? Ça commence... Il veut que je l'appelle Henri, et il veut m'appeler François...

– C'est ça... à tout de suite... je vous emb..., je... je vous attends... dit-elle, dérapant de justesse avant le « je vous embrasse », qui lui venait naturellement aux lèvres.

Elle raccrocha avec, probablement, la même vélocité que l'on met à lâcher une grenade dégoupillée. « Et ça a dirigé un théâtre... Et c'était supposé avoir plus de cinquante ans. Et ça avait eu une vie trépidante. Et ça avait séduit des magnats de l'industrie germanique... Ah ! la la... Ah ! la la... On est peu de chose... » François, hilare, quitta sa cabine et prit la direction du théâtre.

Il n'avait pas entendu depuis longtemps une voix aussi proche de la gêne et du ravissement que celle de Mouna. Bien sûr, c'était des plaisanteries de garçon de bain, mais agréables néanmoins. Le dommage, c'était qu'il n'aurait jamais pu s'y livrer s'il n'avait pas été son amant. Les rapports humains étaient absurdes. Il y avait une chose, quelque chose de puéril, de désarmé, de « comme il faut », chez cette femme, qui l'avait poussé à continuer ses bêtises. Bien sûr, ce genre de gags n'aurait pu faire rire Sybil plus d'une minute. Elle aurait dit : « Que tu es bête, vraiment ! » en riant d'abord, puis : « Arrête, ce n'est plus drôle ! », s'il avait insisté. Elle l'aurait pensé vraiment, et avec raison, d'ailleurs. Alors qu'une personne de l'âge de Mouna les trouvait irrésistibles, comme en classe on trouvait irrésistible le cancre leader. Et c'était en tant que collégien, justement, sans goût et sans mesure, sans finesse, qu'elle le voyait irrésistible. Pour la première fois il se livrait à une comparaison entre ces deux femmes, ce qu'il n'aurait jamais pensé possible vingt-quatre heures plus tôt, tant les atouts lui paraissaient groupés chez Sybil. Confusément, il eut l'impression de les trahir toutes les deux, par cette comparaison et par sa médiocrité. Tout cela revenait à dire que Sybil était, vis-à-vis de lui, moins bon public que Mouna ; ce qui, après dix ans de cohabitation, ne s'expliquait que trop bien. Il y avait chez lui une tendance à la facilité, très évidemment responsable de certains échecs, et, peut-être plus obscurément, responsable aussi – si l'on croyait à ce genre de formules –, responsable de l'échec global de sa carrière passionnelle, enfin de sa vie en tant qu'écrivain.

Dans le hall du théâtre il hésita entre les deux portes énigmatiques : celle du bureau, par une entrée normale large de deux mètres, et celle du bureau, par un couloir long de quinze. Il poussa la mauvaise porte, délibérément, et passa la tête, alluma l'ampoule misérable, poussé par une sorte de curiosité, par ce qu'il voulait être une vérification de sa mémoire, mais ses trois gestes étaient chargés de l'hésitation et de la lenteur dont cette mémoire accompagne plutôt les remords, tout comme la brusquerie avec laquelle il referma la mauvaise porte et ouvrit la bonne.

– Mais le voici, le voilà, celui pour qui on s'inquiétait déjà ! Bonjour, mon cher !

Henri Berthomieux avait toujours fait, ou voulu faire du théâtre. Il avait passé le concours du Conservatoire et joué quelques petits rôles, avec un physique jadis agréable, mais bizarrement et inlassablement démodé. Il s'était fait pousser une petite moustache à la Dick Powell en 1939, il avait pris dix kilos de muscles et rasé ses cheveux l'avant-veille de la découverte de Gérard Philipe, et avait abandonné ses blousons de cuir et le genre viril pour réincarner *L'Aiglon*, sa passion, quinze jours avant *West Side Story*. Rien ne marchait pour lui.

Les anachronismes divers, les nostalgies précoces (comme dès 1962 celle des années 50), les limites de ce siècle autoconsommateur de lui-même, la rivalité perpétuelle et stérile entre deux décennies, l'amalgame de leurs tendances entre elles ne lui avaient jamais été opportuns. Mais curieusement, cela lui avait laissé des attitudes qui, pourtant toujours délibérées, se révélaient plus solides à l'usage que des naturelles. Berthomieux faisait des entrées et des sorties, lançait comme des répliques cinglantes des phrases insipides, que les gens non avertis s'étonnaient de voir ainsi arrachées à leur douce et seyante uniformité. Une seule fois, un grand critique, porté sur l'alcool, l'avait déclaré génial dans le rôle de Monsieur Perrichon. Depuis, il jouait l'artiste sacrifiant son talent pour s'occuper de la gestion du théâtre français ; et il ne faisait allusion que par des mimiques relativement discrètes à une carrière brisée par son dévouement.

– Me voici, me voilà, reprit donc aimablement François, qui n'était pas au courant. Je ne vous ai pas fait trop attendre ?

– Mais pas du tout, voyons. C'est un vieux projet maintenant... Je dois dire que je le croyais un peu abandonné depuis notre entrevue, il y a six mois : nous n'étions d'accord sur rien.

Berthomieux se mit à rire :

– Ce qui prouve, ajouta-t-il, qu'il n'est pas utile d'être d'accord pour prendre une décision...

Et il avança la bouche comme qui vient de citer Machiavel. Mouna baissa les yeux pour éviter ceux de François.

– De toute façon, tout est dépendant de Mademoiselle Delrey, dit Mouna avec une sécheresse inattendue.

– Je pensais que Monsieur Rosset, notre

ami François, pourrait se charger de la convaincre.

– C'est là que vous pensez mal : je n'ai pas d'influence sur le jugement de Mademoiselle Delrey, à qui la pièce appartient totalement, d'ailleurs.

Berthomieux leva les bras au ciel – enfin dans sa direction, car il avait des membres très courts :

– Alors en quoi avons-nous avancé depuis notre rencontre ? Ma chère Mouna, pourquoi, parmi toutes les pièces qui nous sont offertes, avoir choisi...

– Parce que, à côté de tous les chefs-d'œuvre qu'on nous offre, je suis persuadée que celle-ci est meilleure, en fait.

« L'ironie... Elle pratiquait l'ironie, en plus de la sécheresse... », se dit François. Quelque chose recula en lui, mais un coup d'œil le rassura : elle était pâle, malheureuse, et déchiquetait un mouchoir entre ses mains, comme si elle eût joué sous la direction de Berthomieux.

– Je ne crois pas que nous puissions convaincre Mademoiselle Delrey sans lui donner, au moins, une nouvelle version finie, dit-elle. Et je ne vois pour le faire qu'une seule personne.

– Nous sommes d'accord là-dessus, dit Berthomieux, mais lui-même est-il convaincu ou intéressé par un travail peut-être inutile ?

– Je vous laisse le décider, dit Mouna, avec son sourire de femme soumise sur les sujets sérieux aux décisions des mâles.

Et elle sortit du bureau, non sans murmurer : « A plus tard, donc, je serai dans le théâtre », laissant François étonné en face de Berthomieux, seigneurial, qui l'invitait d'un geste à quitter sa chaise pour le fauteuil en face de lui, fauteuil d'honneur ou fauteuil d'argent, plutôt.

– Il faut que nous parlions sérieusement. Je suis content que Mouna nous ait laissés seuls.

Était-ce un compliment pour le tact personnel de Mouna, ou une allusion, une fois de plus, à l'inaptitude des femmes aux conversations précises ? Faute de pouvoir hausser les épaules, François haussa les sourcils.

– En effet, dit Berthomieux, si, comme le

croit Mouna, il faut une démonstration à votre amie, et si vous avez le temps, l'envie de la faire vous-même, il faut bien envisager la suite...

– Si ça lui plaît ou pas, admit François abruptement.

– Exactement. Et si c'est la seconde option, vous aurez travaillé pour rien. C'est-à-dire, nous, le théâtre, nous vous aurons fait travailler pour rien.

– C'est toujours exact.

François avait hésité entre quelques formules plus pointues : « Quelle horreur », « Qui ne risque rien n'a rien », « Le travail c'est la santé », et il avait même envisagé le proverbe le plus sot de la terre, à ses yeux, un des rares, très rares proverbes sots, pensait-il, arrivé à l'âge où leur vérité nous frappe autant que le faisait leur fadeur à vingt ans : « Il n'est pas nécessaire d'entreprendre pour réussir, ni de réussir pour persévérer ». Adage courant, et dont la stupidité se révélait spécialement évidente au théâtre.

– J'ai donc soulevé ce point avec Mouna qui, en tant que codirectrice, m'a laissé carte blanche pour traiter avec vous. Le contact quotidien de l'argent n'en donne pas le sens aux femmes ! Vous êtes bien d'accord ?

– Oui, dit François, mais par ignorance : j'ai connu fort peu de femmes riches.

– C'est tout à votre honneur ! dit Berthomieux, qui passa ainsi fort près d'une claque.

– Ce n'est qu'un hasard, un hasard que je trouve malheureux, d'ailleurs, pour ma part.

Il flottait entre les deux hommes une complicité d'autant plus réjouissante qu'elle était floue et immotivée. François jeta sur Berthomieux un regard qui ressemblait à un soupir, et qui lui fut renvoyé avec une exactitude parfaite.

– Revenons à nos moutons, dit Berthomieux, avec sa sagesse imagée. Je vous propose deux cent mille francs, répartis en trois versements : un tiers à la signature, le deuxième tiers à la remise de votre texte, et le troisième, lors de l'acceptation par le théâtre – et bien sûr, par votre amie – de ce texte. Auquel cas, ce serait une avance sur recettes, vos 6 pour cent ; sinon un simple forfait.

François poussa entre ses dents un sifflement appréciateur. C'était un désastreux homme d'affaires.

– Vous vous rendez compte ? Ces deux cent mille francs risquent de vous passer sous le nez...

– Ce sont les risques du métier, remarqua Berthomieux avec une noblesse qui fit craindre à François que Mouna ne soit la seule à prendre les risques en question.

– Il y a une chose que je ne comprends pas, dit-il. Le début d'adaptation que m'a montré Madame Vogel m'a personnellement séduit. Puis-je vous demander pourquoi l'auteur n'a-t-il pas continué ? Ou ne continue-t-il pas ?

– Vous plaisantez ! dit Berthomieux. C'est Mouna, voyons... Elle ne vous l'a pas dit ?

La perplexité laissait sur son visage une expression de désarroi. « Car s'il y avait un sentiment qu'il ignore, ce doit bien être celui-là », se dit François. L'ignorance ou le doute étaient de nature évidemment odieuse pour un menteur, et François se rendait compte peu à peu que le bon Berthomieux en était un spécimen des plus marquants. Tout le monde devait le savoir à Paris, dans ce petit milieu du spectacle, tout le monde sauf lui, bien entendu. La somme de choses qu'il ignorait était phénoménale, et même Sybil, pourtant frappée d'une discrétion proche de l'indifférence, s'en étonnait parfois.

– Chère Mouna..., s'attendrissait Berthomieux pendant ce temps, chère Mouna... si discrète... si modeste... dans son genre, spécifia-t-il aussitôt, sans que cette dernière réticence éclairât beaucoup François. Chère Mouna... si vous saviez, mon cher François, la vie de cette femme...

François leva deux mains suppliantes. Il ne voulait pas savoir, il ne voulait pas imaginer Mouna s'amourachant, par exemple, d'un quidam à une date qui l'avait vu, lui, jouer aux billes. Il aurait voulu tout savoir, mais non daté, ce qui était en fait idiot, grossier, lâche, bref compréhensible. Non, ce qui l'étonnait, c'était le chevalier qui levait en lui son bouclier dès qu'il entendait le nom de Mouna. Il n'avait plus douze ans. S'il y avait quelqu'un à défendre, c'était cette grande jeune femme au visage de vamp, au cœur enfantin, qui avait toute la vulnérabilité des gens de bonne foi, des maîtresses passionnées, une de ces femmes fidèles et folles que la ville cachait parfois dans ses flancs corrompus, une femme comme Sybil.

Il se leva, s'étira, tourna le dos à Berthomieux, qu'il se trouvait au demeurant stupide d'avoir pris pour complice depuis une demi-heure. Et Mouna, où était-elle passée ? Elle le laissait à ses déraisons, à son futur, à sa nature. Elle ne l'aidait pas à réagir. Réagir contre qui ? Contre quoi ? Contre lui-même ? Il devenait idiot. Ou plutôt, il voulait faire de Mouna la complice perpétuelle du pire et du meilleur – chez lui – ce témoin approbateur, par définition approbateur, qu'il n'arrivait pas à trouver en lui-même. Ou en tout cas, pas définitivement. C'était cette acolyte que refusait d'être Sybil et c'était ce qui la rendait digne d'amour.

– Eh bien alors, nous pouvons compter sur vous, cher François ?

Berthomieux tendait vers lui un papier couvert de *Lu et approuvé* et de *Bon pour accord* à chaque page, en même temps qu'un chèque du montant annoncé plus tôt, un montant enchanteur. François fit semblant de tout relire, les sourcils froncés, puis signa soigneusement sous l'œil énigmatique mais souriant de Berthomieux, avant de plier le chèque en deux et de le mettre dans sa poche intérieure d'un air machinal. Bien sûr, c'était une somme énorme, puisque rien ne prouvait que Sybil accepterait ces changements. Bien sûr, Berthomieux ne l'aurait jamais signé à un autre que lui, lui, François, supposé aimé de Sybil et influent sur ses décisions. Bien sûr, Berthomieux n'eût sans doute rien signé du tout, ni pris aucun risque sans Mouna. Bien sûr, il découlait de toutes ces propositions accumulées quelque chose de flou, de pas très précis. D'autre part, s'il travaillait bien, lui, François, il pourrait restituer un jour cette somme et au-delà (l'idée d'un travail lui semblait toujours rendre tout parfaitement honnête). Enfin, pour ce qu'il en était du futur immédiat, il savait bien ce qui allait faire vraiment plaisir à Sybil, et donc le dédouaner, lui, moralement, sentimentalement vis-à-vis d'elle : à savoir la petite voiture italienne d'occasion exposée dans le garage à côté de chez eux, une Fiat quadrillée et naïve, garantie un an, et qui lui laisserait vingt mille francs sur les soixante-dix que lui avançait le théâtre. L'idée du plaisir de Sybil, qui aimait conduire et n'avait pas eu le moindre véhicule depuis cinq ans pour raisons financières, le mettait, lui semblait-il, au-dessus de toutes les réticences morales envisageables. Pour aller à son journal, au diable, au fin fond de Neuilly, pour accomplir les perpétuels parcours que lui imposait son métier, pour dîner le soir avec lui et leurs amis, et pour leurs week-ends, cet engin ferait le bonheur de Sybil. Mais comment lui expliquer, à elle aussi, cette miraculeuse disponibilité ? Surtout après s'être plaint comme un idiot, les temps précédents, de sa propre inaptitude à gagner le nécessaire ? Il ne fallait jamais s'avancer, finalement, à son propre sujet, ni en mieux, ni en pire, on risquait toujours un démenti sur sa modestie comme sur ses prétentions.

Il chercha Mouna dans tout le théâtre, mais s'entendit finalement annoncer qu'elle en était partie depuis longtemps. Elle ne lui avait dit ni au revoir ni rien, après l'entrevue micourtelinesque, mi-balzacienne qu'il avait eue avec Berthomieux, et il en fut bizarrement affecté, comme s'il avait été un artisan de la plume, un semi-valet des lettres dont on pouvait prévoir l'acceptation de tout contrat un peu lucratif.

Suivant les conseils de la location, il alla jusqu'au bar-tabac où elle n'était pas mais où, à sa grande surprise, elle était effectivement passée tout à l'heure, ainsi que le lui apprit la patronne, une dame de Rodez à l'accent chantant, avec qui, nouvelle surprise, elle avait trinqué avant de repartir dans sa voiture.

François essaya de se vexer, mais il n'arrivait pas à le croire vraiment. « Bêtement, stupidement, niaisement », se disait-il à lui-même, comme chaque fois qu'elle lui revenait en mémoire, la voix embrumée et puérile de Mouna l'apaisait et le faisait rire : « Tu es beau. Pourquoi ris-tu ? On ne te le dit pas ? Tu ne sais pas ce que c'est attirant, ce petit pli, là, entre ton nez et ta lèvre supérieure... », etc. Il s'arrêtait alors sur un pied, comme pris de faiblesse, et se sentait irrésistiblement ridicule : beau, jeune et ridicule. Aimé, quoi...

CHAPITRE XII

Sybil sifflotait, chantonnait, prenait à la corde les virages nombreux et variés des couloirs du journal. Elle était pressée, pressée sans raison précise, décidée à être pressée. Il y avait quelque chose à redresser d'urgence, dans son existence, un rythme, une manière d'être ou de travailler, ou de vivre, mais elle ne savait pas du tout l'origine de ce mauvais tempo. Logiquement, cela eût dû venir de François : les tempos de son existence dépendaient de François. Or, il était parfait, ces temps derniers : gai, agréable, tendre, sans obsession ; il riait de ce qu'elle disait, elle riait de ce qu'ils disaient tous les deux et elle était à l'aise dans sa vie comme dans leur vie. En fait, il ne présentait pas – et c'était ce qu'elle n'arrivait pas à se formuler – il ne présentait pas cette attention, cette mise en garde, cette crainte vague et parfois même cette absence qui interdit, ou refuse plutôt, l'impunité à l'amour : qui fait de chaque amant le gardien instinctif et jaloux de l'objet aimé, en même temps qu'un combattant en puissance. L'amour n'était pas un sentiment léger ni folichon, elle l'avait assez souvent vérifié avec François, mais son amour pour lui, en ses excès mêmes, s'inquiétait de voir leur désordre sensible subitement si bien réglé et si facile à vivre. François, l'aimé, François l'amant, le complice, tous étaient là, attentifs, à ses pieds, à son écoute et à son plaisir. Aucun ne manquait ; ou tous ? Quelque chose, en tout cas, ou quelqu'un chez elle était sur ses gardes.

Il y avait eu un accident, elle le savait : ses vains appels de Munich, la nuit, dans le silence du petit matin ; ce chandail bleu pâle, pourtant si masculin, jeté sur un fauteuil, et ces deux ou trois téléphones raccrochés trop vite, tout ce qu'elle n'aurait jamais remarqué s'il n'avait pas fallu qu'elle-même enchaîne, parfois, sur un nouveau sujet, tant François était incapable de naturel après le moindre mensonge. C'était à elle, chaque fois, d'allumer une cigarette ou de parler d'autre chose, dans l'instant. Il était si peu doué pour un menteur, c'en était attendrissant ; et aurait pu même être charmant si ce n'avait pas été si pesant, parfois, ou si affolant quand elle était d'humeur peureuse ou complexée. « Ah, les hommes !... » disait son amie Nancy, ce qui agaçait Sybil car elle n'aimait pas s'exprimer en lieux communs, même fatiguée.

Elle quittait le journal en général vers sept heures, sauf le soir du bouclage. Elle prenait le bus, ou le métro, ou un taxi, selon les circonstances qui régissent la vie des grandes catégories de piétons zélés à Paris. Ce soir-là, c'était le bouclage, et Sybil, ayant dû défendre pendant une heure un reportage plus amusant qu'un autre, n'arriva qu'à onze heures à la maison. Elle poussa la porte cochère, fit les cinq mètres qui la séparaient de leur allée et se heurta, dans le noir, à un énorme objet qui était caché à leur place, la place où ils étaient supposés mettre la voiture des enfants ou des parents, leur bois de chauffage, etc., et où leur voisine du dessous avait entreposé les landaus de ses différents enfants pendant huit ans avant de filer avec un Sud-Américain, à la stupeur des habitants de l'immeuble. Depuis c'était un parking vide, et qui ne l'était plus ce soir. Les gens avaient du culot, de prendre leur place ! Tout le monde savait qu'ils y mettaient leurs bûches, l'hiver, les pots de fleurs, les différents engins à deux roues expérimentés par François pour ses déplacements, et dont la fin avait toujours été lamentable d'un point de vue mécanique, mais inespérée pour Sybil, qui la craignait sanglante.

Elle se fit mal, donc, au pied, et, dans sa colère, renouvela le coup qui, cette fois-ci, la fit carrément boiter. Elle jura entre ses dents au moment même où François surgissait de la maison, riant aux éclats, ce qu'elle vit à la contre-lumière de la cuisine qui étalait un carré jaune derrière lui et le diabolisait comme dans un mauvais film.

– Qu'est-ce que tu fais ? Tu veux réveiller

tout l'immeuble ? demanda-t-il en la prenant contre lui, car elle trébuchait et ne pouvait se rééquilibrer, tant sa cheville lui faisait mal.

– Ne dis pas de bêtises. Que fait cette voiture ici ? Les gens ont du toupet ! grogna-t-elle, levant la tête vers les fenêtres au-dessus d'eux.

– Personne ne va se mettre à ses carreaux et crier : « C'est moi ! c'est moi ! » dit François. Rentre ! Rentre et déchausse-toi. Je suis désolé pour ton pied.

– Mais tu n'y es pour rien, remarqua-t-elle en enlevant ses deux chaussures.

Et elle s'effondra dans un fauteuil, près de son lit qu'elle avait évité au dernier moment, en apercevant une bouteille, inattendue elle aussi, sur son bureau, une bouteille qui interdisait le repos immédiat.

– Du champagne ? s'enquit-elle, avec un mouvement du menton et le sourire que lui arrachait, quel que soit le mystère, tout signe de fête.

– C'est pour fêter ta cheville, ton endurance, mon cœur. Pour en revenir à la bouteille, l'une n'est là que pour arroser l'autre.

– L'autre, c'est la voiture ?

Elle fit un saut sur un pied vers la fenêtre, admira, se rassit, troublée.

– C'est celle du coin ? La Fiat du coin ? Comment as-tu fait ?

– Dis-moi d'abord si elle te plaît ?

– Elle est superbe. J'en ai envie depuis qu'elle y est, dans cette vitrine...

– Je sais.

Il était ravi, il avait l'air ravi. Les mots « Comment ? Comment ? Comment ? » qui résonnaient dans la tête de Sybil lui semblaient les plus vulgaires du monde, même si elle ne pouvait s'en débarrasser. Elle avait, un jour d'envie brutale, demandé le prix de la voiture, elle le connaissait.

– Tiens ! dit-il, triomphant, voilà les papiers. J'ai signé un peu pour toi, pour la carte grise. Mais tu es assurée au tiers.

– Assurée au tiers, répéta-t-elle de façon machinale, et il hocha la tête avant de se détourner.

– Viens la voir, dit-il, viens voir ta belle auto. Elle n'est pas absolument neuve, mais ses ex-propriétaires l'aimaient.

Elle sortit dans la nuit, s'extasia, s'assit sur le siège du conducteur, lui à ses côtés. Au bout d'une demi-heure, elle demanda « Comment ? ». Il la supplia d'attendre quelque temps pour qu'il soit bien sûr de sa chance, bref, de lui faire confiance. Elle accepta. Ils parlèrent de voyages qu'ils allaient faire avec la Fiat, qui devint Elle, « La Fiat », très rapidement. Ils firent beaucoup de projets, ils rirent beaucoup, feuilletèrent même des vieilles cartes Michelin. Ils s'embrassèrent beaucoup aussi, mais s'endormirent à peine couchés, épuisés par leur double rôle de gai donateur et de femme comblée. Avec la main de l'un sur le dos ou le ventre, quand même, de l'autre, comme pour se rassurer. Il se réveilla au milieu de la nuit : il avait des dettes, il fallait qu'il travaille dès demain. Mais où ? Comment ? Il était terrifié... Il se sentait incapable de travailler dans un bureau sans laisser traîner des brouillons, des feuillets, en tout cas des traces de ses travaux. Écrire chez eux était impossible, comme au journal et comme à la maison d'édition. Il y avait les cafés, bien sûr, et les tables, mais leur faux romanesque allié au faux romanesque de son projet même lui semblait excessif et même décourageant, peu susceptible de porter bonheur. Il ne s'agissait pas de trèfle à quatre feuilles, là, il s'agissait du silence, de la place, de la solitude, de la paix que réclame l'écriture de tout texte, et qu'il n'avait plus ou qu'il n'avait pas ; et comme tout homme qui s'en rend compte, il en éprouvait une sourde rancune pour sa maîtresse, plus que pour la société. François, pourtant, faisait partie de ces hommes généreux qui rejettent les responsabilités sur des anonymes plutôt que sur leurs proches.

Sybil essaya la voiture, la fit essayer à François qui, dans son excitation, cala trois fois, et elle finit par se lancer sur le boulevard à destination du journal. Il l'accompagna jusqu'à l'Alma. Il la regardait conduire avec jubilation tout en s'étonnant un peu des cernes mauves sous ses yeux à elle, comme pour payer ses insomnies à lui. Il descendit à l'angle du pont, regarda la petite voiture quadrillée remonter vers les Champs-Élysées, tel le symbole allègre de leur avenir.

Il faisait doux et clément, et il se sentait doux et clément. Il entra dans un grand café de la place prendre un thé et lire un journal, avant de se rendre compte consciemment, et avant de se dire, qu'il était à deux pas de l'avenue Pierre-Ier-de-Serbie. Il téléphona pour remercier de la confiance qu'on lui portait, c'était la moindre des choses, Madame Vogel était là, en effet, elle allait le prendre au téléphone ; elle lui disait bonjour, un peu essoufflée comme d'habitude, et elle s'excusait tout d'abord d'avoir dû partir la veille en catastrophe sans pouvoir lui dire au revoir. Elle en était désolée vraiment. (François adorait qu'elle fût toujours si polie, si Régence. Il n'y avait pas une de ses conversations au téléphone qui n'aurait pu être enregistrée par un tiers.) Et puis elle était tellement contente qu'il ait accepté cette proposition si médiocre et si peu alléchante, Berthomieux ne voulait jamais voir un peu grand, il avait toujours si peur de tout, et cette manie de couper les cheveux en quatre...

– ... en trois, rectifia François, et croyez-moi, c'est plutôt inespéré comme avance, dans ce métier. Je voulais vous remercier... Ce qui m'a ennuyé, quand même, avant-hier, c'est de ne pouvoir fêter ça avec vous, et arroser ça.

– Oh oui, c'est stupide... Mais voulez-vous prendre un verre de champagne aujourd'hui ?

– Maintenant, même, dit-il en riant, parce qu'elle riait, parce qu'elle avait l'air gaie, contente de sa gaieté à lui. Maintenant je suis à l'Alma, pas loin de chez vous... !

– Je vous attends, mais donnez-moi un quart d'heure, que je puisse me maquiller convenablement.

C'était drôle, cette manière qu'elle avait de parler de son physique, toujours, sur le plan des convenances : il était indécent qu'elle ne fût pas coiffée, il était insupportable qu'elle soit si peu soignée (et pourtant elle l'était !), etc. A toute son esthétique se mêlait un point de vue moral inattendu. François s'arrêta devant un fleuriste, hésita à acheter des fleurs, « qu'elle aurait payées », se dit-il. Peut-être serait-il plus raffiné qu'il s'achetât des cigares à lui-même ! Quelle odieuse pensée ! Il en avait eu honte aussitôt. Il prit donc trop des roses avec lesquelles il arriva une demi-heure plus tard, non sans avoir remonté et redescendu l'avenue d'Iéna. Il passa le porche et, dans la cour, leva la tête machinalement vers la fenêtre aux pigeons, la sienne : Mouna y était, et il détourna les yeux aussi vite qu'elle se rejeta en arrière.

Kurt le dévoué lui ouvrit la porte avec sa gravité habituelle, le fit entrer dans le salon, non sans avoir tenté de lui prendre un manteau, un parapluie, un imperméable : en vain. Il n'eut droit qu'au bouquet auquel il lança un regard calculateur. (François l'entendit de sa place compter les roses, les multiplier par leur prix approximatif ou précis, le fleuriste étant à deux pas.) En tout cas, il lui adressa deux secondes plus tard un sourire cette fois approbateur.

– Madame attend Monsieur, dit-il dans un français carrément dépourvu d'accent, cette fois-ci.

Et il s'effaça devant François. Il était grand, et ses cheveux drus, gris fer, soulignaient un visage un peu bronzé : il avait exactement le visage que rêvait d'avoir Berthomieux, François l'aurait juré. Assise sur le bras du canapé, Mouna, elle, battait la mesure de son pied, pendant que Django Reinhardt jouait, pour la millième fois, peut-être, dans les oreilles de François en tout cas : *Nuages*. Le soleil faisait une auréole dans les cheveux blonds, blancs, bleus de Mouna. Elle portait un chemisier de soie grège sous un tailleur à peine plus foncé, et un gros collier tellement faux qu'il devait être vrai, et qui accentuait encore la fragilité de son cou. Elle était « très convenablement » maquillée, pensa-t-il, et une onde de gaieté s'empara de lui, tourna autour de lui, rendit la pièce, la femme et le maître d'hôtel délicieux, immortels, légers comme certaines pièces de Guitry et irréels comme certains souvenirs d'enfance. Il avait envie de danser, là, tout de suite, avec Ginger Rogers qui lui souriait et lui disait :

– Avez-vous envie de champagne, vraiment ? Je trouve ça un peu trop... euh.. liquide, non ? Toutes ces bulles... Ne voulez-vous pas goûter un cocktail de Kurt ?

– Je me méfie des cocktails de Kurt !... dit François avec élan, et il s'arrêta net, vit Mouna rougir et se mit à rire.

La pièce était vide. Il la prit contre lui.

– Dansons, dit-il.

Et il fit trois pas sans difficulté aucune. C'était un des charmes de ces femmes obéissantes des années passées, elles suivaient les hommes sur n'importe quel rythme. Elle aurait aussi bien valsé sur un rock, s'il l'avait voulu.

– Nous sommes... je suis grotesque, dit-elle... et puis faire allusion à ce cocktail... et surtout rougir ensuite...

– Comme si vous aviez vraiment trafiqué ce bon vieux... Berlin...

– Bismarck, rectifia-t-elle tristement.

– Bismarck, c'est ça. Quelle hétaïre vous faites ! L'or, les filtres, la luxure... Comment voulez-vous que je résiste, moi, malheureux intellectuel ?

– A ce propos..., dit-elle contre son épaule (ils dansaient toujours, mais le grand tapis et ses plis semblaient très fourbes à François), à ce propos, heureusement, j'ai rectifié le contrat de Berthomieux ! Il y avait une clause que vous n'aviez pas vue et qui vous mettait à sa merci... à notre merci, même ! ajouta-t-elle en riant.

– Qu'avez-vous fait ?

Il était parfaitement tranquille. Il babillait, il faisait le jeune homme, il mettait son avenir en jeu, sa carrière, sa réputation et ses ressources, comme celles de Sybil d'ailleurs, en danger, comme ça, parce qu'il avait un moment d'entrain avec une femme plus âgée que lui, qui le faisait sentir jeune. Il s'était arrangé pour accepter son argent et pour le dépenser aussitôt en achetant cette voiture, se mettant ainsi délibérément entre les mains de Mouna (ce n'était pas la peine de parler de Berthomieux qui n'existait pas). Il avait fait tout ce qu'il fallait pour être coincé, dans l'incapacité de prendre la fuite ou de rompre sous peine de se montrer un parfait goujat. Il avait tout fait, vraiment, pour rendre tragique et pesante une idylle a priori comique, et qui aurait pu rester aussi charmante que brève.

– Comme vous avez l'air triste, tout à coup, dit la voix de Mouna.

Il baissa les yeux vers elle, et une ombre dans son regard, son expression hésitante, lui fit répondre sans mentir :

– Mais non, je suis même très content. Mais enfin, pourquoi ne m'avez-vous pas dit que c'était vous qui aviez écrit le début de la pièce ?

– J'avais peur que ça ne vous influence.

– En mal ?

– Oui, en mal. Par rapport au texte et par rapport à moi, aussi.

– Vous me croyez si méchant pour les femmes, ou si mauvaise langue ?

– Oh non, dit-elle, vous êtes si gentil, si indulgent avec moi, si bon...

Elle s'immisçait et se glissait à la fois contre lui, comme le font les fleurs ou les plantes grimpantes dans les croisillons rustiques des jardins, ou les espaliers. Elle installa face à lui, en un instant, la courbe de son menton sur son épaule, sa main gauche sur son omoplate droite, sa main droite sur son cœur à lui, et sa jambe entre ses jambes. Et lui penchait la tête sur ses cheveux parfumés, et cette inflexible odeur de soie repassée, encore chaude. « Oh oui, se dit-il, c'est comme un vieux film qu'ils auraient joué tous les deux, un film dont ils étaient les acteurs, si jeunes et si usés. » Il avait envie de lui dire ce qu'elle entendait sûrement, ce qu'elle souhaitait sûrement entendre : « Mais non, ma douce, mais non, nous ne nous quitterons jamais, nous vieillirons ensemble, dans la douceur, dans le poids et la sécurité des années. » Mais soudain elle glissa vraiment sur le tapis, dans un de ses fameux plis, elle dérapa sur ses talons pointus et il la retint de justesse, son poids subitement alourdi par la faiblesse et non par la maladresse. Il la posa sur le sofa avec l'aide de Kurt, miraculeusement averti et armé d'un coussin, qui posa deux ou trois questions dans un allemand de film de guerre, un allemand redevenu guttural et auquel elle répondit d'une voix douce et contenue, une voix de victime, avant qu'il ne reparte. François se sentait doublement étranger, rejeté ailleurs et par cette syncope, et par ce langage. Il alla s'asseoir dans l'abri formé par ce canapé, s'y assit précautionneusement, comme arrivé au port, prit la main de Mouna, la tapota, la caressa, la reposa, la reprit. Le maquillage vert autour de ses yeux couleur d'eau s'était dilué, encore agrandi et éclairé à l'extrême. Elle avait l'air d'une sirène exténuée, avec ses cheveux défaits et qui encadraient son visage étranger, inconnu, flottant à la surface de sa propre incompréhension.

– François..., dit-elle à voix basse.

Une mémoire sensible se réveilla en lui, le submergea du poids de dix rêveries, de cent vieux films, de cinquante ou mille passages de livres, François, ce prénom murmuré par une femme abandonnée à l'homme prêt à partir... Quelle horreur, ces films. Il y avait eu Marthe dans *Le Diable au corps*, qui disait « François... François... », mourante isolée dans une chambre, il y avait eu sa mère, lui disant, à lui, « François », une dernière fois, à l'hôpital de Poissy, il y avait eu toutes ses larmes rengainées, entassées de force par lui dans sa gorge, tassées... les larmes gâchées qui avaient fait de lui ce clown désemparé, et parfois méchant. Il n'allait pas sangloter ici, quand même, sur les genoux d'une ex-théâtreuse qui cherchait son bâton de vieillesse. « Arrête-toi..., se dit-il, arrête-toi. A quoi joues-tu, de si affreux ? » Il prit la tête de Mouna Vogel entre ses mains, l'embrassa tendrement, sécha ses larmes en chuchotant n'importe quoi. Il ne s'était pas rendu compte du nombre incroyable de ces maudits cocktails qu'ils avaient pu boire ensemble. La carafe en était vide, déjà. Et eux deux prêts à pleurer comme des enfants... Des enfants tristes, en plus, alors qu'ils n'auraient pas dû l'être.

– Mais qu'est-ce qui s'est passé ? demanda-t-il. Tu as glissé ?

– J'ai des petits coups au cœur parfois, comme ça, des extrasystoles. Tout le monde en a, d'ailleurs. Sauf que moi, je connais le nom. Le cœur s'arrête, enfin il fait semblant, et on y croit, chaque fois...

Elle riait et baissait la tête. Mais lui venait de comprendre subitement deux choses : premièrement, que la mort mystérieuse et rapide de Mouna Vogel dans les bras d'un inconnu plus jeune qu'elle, son amant (ou bien la mort de cet amant), était la seule fin possible à leur histoire d'amour. Deuxièmement, que ce qui se passait entre eux était effectivement une « histoire d'amour ». Il releva la tête et la regarda avec une surprise affable, « la suprise d'un passager qui se serait trompé de classe sur un bateau, par exemple », se dit-il, et l'idée le fit rire malgré lui. Elle sourit à son tour et passa la main sur la joue de François, avec sa douceur habituelle.

– Tu es tout pâle, dit-elle, tu m'as fait peur un instant. Tu es devenu pâle...

Elle le regardait avec une sorte d'effroi, elle aussi. Peut-être craignait-elle pour sa vie à lui, pourquoi pas ? On oubliait les mélos les plus lamentables et les plus fréquents, les plus quotidiens. Ce n'était pas la mort de l'amour qui séparait les amants, finalement, c'était les accidents de voiture, les accidents coronariens, les maladies, les grains de sable qui vous transforment brusquement en statues de marbre. Oui, d'après les statistiques actuelles, il avait des chances de mourir le premier, le premier des trois. Et ce serait bien ce qu'il eût préféré. Encore que... Non, vivre sans Mouna, actuellement, ne serait pas drôle. Quant à vivre sans Sybil, il n'en avait jamais été question pour lui, jamais. Bien sûr, il n'avait jamais été question, non plus, quand il était petit, qu'il vive sans sa mère. Néanmoins, elle n'était plus là. Il avait bien pensé à se tuer, la semaine qui avait suivi sa mort, mais il ne suffit pas pour se tuer d'avoir envie de mourir, il faut aussi ne plus avoir envie de vivre, et ça, c'est très difficile : être assez las de la vie, de chaque côté que l'on se tourne, pour n'avoir plus rien à lui demander.

– Dis-moi, dit-il, tu n'as rien à boire ? Il me semble que cette carafe est partie comme un rêve... Je crois que c'est ça, tes extra-systoles.

Mouna Vogel lui jeta un regard anxieux.

– Tu crois aussi ? Mon mari prétendait que je... que je buvais beaucoup trop. Il faut dire que l'Allemagne est un pays... enfin pas l'Allemagne, mais Dortmund... un pays si ennuyeux. Qu'est-ce que tu veux comme cocktail ?... Kurt ?...

Elle avait une manière charmante d'appeler Kurt, surtout quand on avait entendu une fois l'aboiement possible dans la voix de cet homme. A l'avenir, François aurait toujours peur de se faire mordre au passage.

– Je boirai ce que Kurt pense qu'il faut boire, dit-il. Tu as déjeuné ? Tu veux que je t'invite à déjeuner ? Je peux t'inviter dans l'endroit le plus luxueux de Paris, si tu en as envie.

Elle le regardait avec des yeux enchantés, enchantés de ce qu'il plaisante d'une chose qu'elle avait peur qu'il prît mal. Elle ne savait pas de quoi il était capable, dans son cynisme de petit bourgeois, ce bon François Rosset, ce bon, sérieux, intellectuel, démocrate François Rosset...

Ce Kurt était un assassin ! Ses cocktails coupaient l'appétit, multipliaient les systoles comme Notre Seigneur les petits pains. Elle devait se méfier énormément des hommes dévoués : quel que soit leur poids, c'était des hommes dangereux. Que savait-elle de la vie de Kurt, à part qu'avant elle, il avait été très dévoué à son mari, justement, jusqu'à la fin... « Jusqu'à la fin ? C'était bien normal, disait

François, il n'allait pas filer avant la lecture du notaire... » Quoi ? Il était affreux ! Lui ? Mais c'était eux qui étaient affreux ! Comment pouvait-elle croire que Kurt ait consacré son cœur au très sympathique (les photos en faisaient foi, ici et là, dans l'appartement), que Kurt ait consacré, donc, son existence au très sympathique époux de Mouna jusqu'à en tirer un sombre plaisir à laver ses chaussettes ? Non ! Non et non ! S'il fallait aux hommes de sombres plaisirs, baucoup de sombres plaisirs, de violents plaisirs – et il allait lui en parler très sérieusement tout à l'heure – ce n'était pas ceux-là. »

Il allait lui en parler sérieusement, mais pas dans la chambre de son mari. Même si celui-ci ne les avait jamais vues, François lui préférait la chambre d'ami, « sa » chambre, la chambre aux pigeons, sans meubles, sans pendule et sans rideaux, la chambre aux volets tirés. Elle avait de grandes qualités, cette chambre, de silence et d'obscurité pour les amants de l'après-midi. Mais elle avait aussi de grandes qualités de lumière et de paix pour les travailleurs solitaires. Et dans le vide qui entourait le lit, une malheureuse table et une chaise non seulement ne seraient pas trop gênantes à l'œil, mais en plus tellement commodes pour un homme qui avait une pièce à réécrire, donc à priori une pièce déjà écrite et le début de la future pièce : bref, des papiers, des papiers, des papiers dans tous les sens, qui nécessitaient de la place et du désordre, ordonné et intime comme l'est, par nature, le désordre d'un écrivain. Puis un homme qui a une clé dans sa poche et un endroit où il peut entrer et dont il peut sortir à son gré, est un homme à demi sauvé (on parlait toujours d'un écrivain, bien sûr), surtout s'il savait où était le frigidaire et s'il ne faisait aucune mauvaise rencontre dans un immeuble bourgeois et quiet, où aucune de ses relations ne pouvait imaginer le rencontrer. Un homme, enfin, qui savait que sa propriétaire se verrait d'autant moins comme telle qu'elle respectait jusqu'à la folie – ou du moins la piété – le travail intellectuel, une propriétaire qui baisserait les yeux, si elle le rencontrait dans un couloir, comme devant un fantôme, une propriétaire qu'il serait obligé d'attraper par le bras et de ligoter à demi pour qu'elle se rappelle qu'il était un homme et elle une femme.

Bref, ou enfin, ou à force, quoi qu'il en soit, la vie alignant ses locutions ou ses conjonctions dans le sens qu'elle désire (les conjonctions de coordination, par exemple, pouvant devenir avec le temps des conjonctions de causalité – ou le contraire – et ces demi-tours pouvant provoquer le désastre d'une existence, etc.), il apparut comme une évidence à six heures du soir, à Mouna Vogel et à François Rosset, qu'il n'y avait qu'un endroit où il puisse s'attaquer, avec tous les atouts, à leur projet commun, et que c'était l'endroit même où ils se trouvaient : un cinquième étage, avenue Pierre-Ier-de-Serbie. Et comme pour beaucoup d'êtres normaux, c'est-à-dire romanesques, sentimentaux, sensuels et solitaires, une chambre au soleil ou à l'ombre, selon leur gré, et où les attendaient un lit pour leurs plaisirs et une table pour leurs travaux, c'est-à-dire deux objets prêts pour tous les délires, c'était le paradis sur terre.

CHAPITRE XIII

Les premiers jours se passèrent comme un rêve. François s'amusait beaucoup avec ce texte qu'il avait traduit et retraduit dix fois, plutôt dans l'émotion, et dont il recherchait maintenant, et trouvait, sans difficulté, les ressorts comiques. Bien qu'il ne la vît pratiquement pas chez elle, où elle était peut-être mais où il fallait qu'il hurle pour la voir apparaître, il trouvait néanmoins en Mouna une auditrice passionnée, et ils riaient ensemble comme n'importe quel directeur de théâtre espère entendre rire son public à ses pièces drôles. Ils riaient énormément. Mouna en perdait tout son maquillage « si convenable », et les larmes lui coulaient des yeux. Ce qui bien sûr enchantait chez François et l'écrivain, et l'amant, et l'ami, et qui eût enchanté de même n'importe quel auteur. Simplement, il avait parfois une impression très légère, et, trouvait-il, très injuste, de trahison, notamment à certains passages qu'il se rappelait avoir vus ponctués par des larmes aussi, celles de Sybil, mais qui n'étaient pas de rire, larmes qu'il avait comprises aussi, et presque partagées, aussi. C'était quand même curieux que le rire soit contagieux et sensuellement décent dans ses manifestations, alors que le chagrin ne l'est pas. Qui disait jamais, en parlant d'un film ou d'une pièce : « Tu te rappelles comme nous avons pleuré ensemble ? » ou « Qu'est-ce qu'on a eu comme chagrin quand elle est partie... », ou n'importe quoi... En tout cas, il ne connaissait pas de couple qui se vantât de larmes partagées. C'était peut-être pour ça, au fond, que les seules pièces qui « marchassent » dans Paris, étaient des pièces dites drôles, ou qui l'étaient vraiment. Ses propres remords venaient donc de la bêtise présente dans les mœurs du jour, ses innombrables modes – la bêtise, à quoi il devenait de plus en plus difficile d'échapper.

La rédaction de ce premier chapitre, donc, fut idyllique – si idyllique qu'il eût dû se méfier. Mouna était au comble du bonheur, même si elle ne l'affichait pas : le voir vivre semblait donner un sens à sa propre existence, et, pour des raisons mi-passionnelles, mi-fraternelles, leurs étreintes étaient rares, enjouées le plus souvent, parfois très tendres et toujours au bord d'un aveu qu'ils se faisaient tout simplement en ne le formulant pas. Et même les quelques expressions, les quelques gestes, les quelques mots un peu démodés (car même l'amour physique a ses modes et ses snobismes) qui échappaient à Mouna, l'attendrissaient plus qu'ils ne l'agaçaient. Le reste du temps, ils s'amusaient ensemble, ils s'entendaient fort bien, et l'équilibre des forces, si l'on peut dire, était si évident ou si naturel entre eux que les années qui les séparaient, et que l'on pouvait lire parfois sur leurs visages ou dans leurs gestes, n'entraînaient, en revanche, aucune disparité dans leur existence, dans leur vie quotidienne. Ils semblaient vivre ensemble depuis toujours, avoir été frère et sœur au

Moyen Age comme amants sous Ben-Hur ou petits-cousins sous Laclos, rien n'eût pu troubler la tranquillité de leurs rapports. En réalité, s'il y avait eu deux couples strictement contemporains, formés de deux François, d'une Mouna et d'une Sybil, n'importe qui eût pensé que le vrai couple, le couple uni et équilibré par ses deux composants, le couple qui se complétait le mieux était celui de François et de Mouna.

Mouna, heureuse, François, heureux, Sybil, débordée de travail mais heureuse du bonheur de François, il n'y avait guère que le pauvre Berthomieux à se faire du souci, et encore ignorait-il pourquoi. De temps en temps, Mouna Vogel lui donnait dix ou quinze pages à lire de la nouvelle pièce, comme un cadeau, et il pensait déjà avec mélancolie au chèque numéro deux qui allait devoir quitter ses compagnons de chéquier pour ce François Rosset à l'air insouciant. « Et tout cela ne mènerait pas loin », se disait-il de temps en temps sombrement, d'autant plus sombrement qu'il ne pouvait faire apprécier sa prévoyance à personne, le secret le plus total lui ayant été extorqué (par un serment sur l'Ordre de Malte auquel, Dieu sait pourquoi, il était dévoué).

Le cheval de Troie, dans cette histoire, se présenta sous les traits de la Fiat quadrillée, à l'aspect pourtant innocent et naïf. François décida de l'emmener au garage pour une auscultation complète (elle faisait un drôle de bruit au démarrage, à l'arrêt et en roulant aussi, de surcroît) qui nécessitait l'avis d'un homme de l'art. Quand François la reprit, le bruit avait diminué et il la rendit triomphalement à sa légitime propriétaire, Sybil, non sans oublier sous le siège un exemplaire ronéotypé, le premier de la nouvelle version de la pièce. Inutile de dire qu'il chercha partout cet exemplaire, partout sauf là où il était. Il y a des hypothèses si inquiétantes dans la vie que l'esprit ne les effleure même pas : celle que Sybil découvrît, sans aucune préparation psychologique, cette pièce modifiée d'un bout à l'autre, était une des pires.

La pièce resta donc près de dix jours sous le siège de la Fiat et, avec un peu de chance, quelqu'un eût pu la voler ou mieux voler la voiture. Ou encore François eût-il pu, en cherchant une cigarette ou une cassette, tomber dessus. Mais non, mais non... le destin était en marche, cette fois-ci, et par un biais des moins spectaculaire, si l'on y pense... Ils auraient pu se heurter les uns aux autres dans un restaurant. Sybil aurait pu, en levant la tête, voir son amant embrasser une femme blonde, au quatrième étage d'un immeuble, avenue Pierre-Ier-de-Serbie, ou quelqu'un aurait pu lui dire les avoir aperçus. La découverte, bref, aurait pu se faire à travers des démons doués de parole, d'intention, de méchanceté, de cruauté ; ou par l'un de ces hasards purs et angéliques, ces hasards hermaphrodites et distraits qui planent dans les cieux des humains.

Non, la révélation passa par le siège avant d'une vieille voiture quadrillée, et à la suite de soins automobiles des plus normaux. Entre ce lundi, donc, où François Rosset alluma la bombe, où la mèche se mit à crépiter lentement sous le siège de la voiture, et le moment où elle explosa, il ne se passa que dix jours, dix jours heureux et tranquilles, néanmoins marqués de quelques événements prémonitoires.

Ce premier lundi, c'est en taxi, donc, que Sybil se rendit au bar du Lotti où elle avait rendez-vous avec un metteur en scène américain nommé John Kirk, plus connu pour ses théories sur le cinéma que pour ses films eux-mêmes. Il faisait partie des penseurs qui sévissaient à présent dans toutes les corporations, et qui ennuyaient ou déconcertaient généralement Sybil. Par un excès de bonne conscience, elle arriva donc en avance de près d'une demi-heure au Lotti, et s'assit au bar pour attendre. Devant ce bar, tournant le dos à sa petite table, il y avait une longue silhouette qu'elle mit quelque temps à reconnaître, tant elle avait changé depuis trois mois. C'était celle de Paul, l'ex-époux de sa meilleure amie Nancy, qu'elle n'avait pas vue d'ailleurs non plus depuis près d'un mois. Leur divorce avait été le fait de Nancy et Sybil en ignorait tout, sinon qu'il avait été brutal, voire cruel de la part de son amie, et que le pauvre Paul, le gros Paul, le sournois Paul, en avait beaucoup souffert. Elle ignorait que ce fût au point d'en maigrir de la sorte et s'en étonna, la minceur ayant toujours été l'objectif exclusif de son amie. Il se retourna à l'instant où elle le reconnaissait, et elle-même n'ayant changé en rien, poussa un cri et se leva pour aller vers elle. Paul avait été un très beau garçon, vingt ans plus tôt, un jeune chien au beau pelage, aux beaux yeux, aux belles dents et à la gaieté naturelle, aussi, aurait-on pu dire à l'époque qu'il dégringolait de son siège pour bondir à sa rencontre, tel un jeune chien de chasse. Le temps ayant passé, avec sa cruauté naturelle, on aurait pu dire, là, qu'il se laissait glisser pour trotter vers elle comme un vieux setter. Il n'avait jamais beaucoup plu, dans le sens habituel, à Sybil, ou plus précisément elle ne l'avait jamais vu en tant qu'homme, d'abord et surtout parce qu'il appartenait à une autre et que la loyauté de Sybil, tout aussi naturelle, l'empêchait de voir ce qui appartenait à d'autres. Il s'assit en face d'elle, ils poussèrent les cris de surprise et de joie habituels, ajoutèrent les reproches adéquats. Et Sybil s'étonna, donc, au bout de quelques minutes, de le trouver plus beau qu'avant. Il avait perdu, avec un nombre impressionnant de kilos, cet air d'apathie et de résignation qui était devenu le sien, et bien que plus faible, il apparaissait plus futé, plus aigu, plus drôle aussi, comme si quelque chose se fût ouvert entre la vie et lui-même ; comme si brusquement une compréhension lui avait été donnée, et surtout comme si cette compréhension ne s'était pas faite à ses dépens : au contraire. Or il ressortait néanmoins de ce qu'elle pouvait savoir, et de ce qu'il indiquait malgré lui, qu'il n'avait ni situation, ni argent, ni femme, ni homme, ni rien de ce qui faisait son bonheur jadis. Il avait un vague sourire de temps en temps, à la fois involontaire et réellement amusé, qui, même s'il était un peu lointain, semblait parfaitement sincère. Bref, une expression qu'elle ne lui connaissait pas. Elle l'avait vu toute sa vie jouer le bonheur et le succès, voire la réussite, et elle s'attendait à le retrouver jouant le malheur, la malchance et le désespoir : et voilà qu'elle le voyait ouvert, visiblement malheureux, sans aucune forfanterie ni complaisance. Pour les gens habitués à jouer leur vie comme un rôle convenu (à la jouer même quand ce rôle est incompatible avec leur orgueil), ni la vanité, ni la sensualité, ni même la paresse ne sont plus fortes que cette habitude. Et le sachant, elle s'étonna, donc, du naturel tout nouveau de cet étranger nommé Paul. Il y a peu de sentiments aussi constants, vis-à-vis d'un être de l'autre sexe, que l'indifférence : l'absence de désir, une fois installée, est pratiquement insurmontable. Et là pourtant, Sybil se surprit à regarder l'angle que faisait le menton de Paul avec son cou, l'implantation de ses cheveux, la forme enfantine de ses oreilles, et la beauté, si longtemps chantée, de ses mains, deux mains qu'on lui avait si longtemps dit être des mains d'artistes, capables de tout, que le malheureux avait fini par le croire. Là, elles semblaient des mains d'homme, d'homme-artiste, bien sûr, par la grâce de leur forme et le profil des doigts, mais des mains réellement belles, séduisantes, viriles, des mains d'homme à femmes et des mains d'homme d'action, ce qui était assez miraculeux pour quelqu'un qui n'avait jamais rien fait quant au travail, et qui, quant aux femmes, avait plutôt assuré leur malheur que leur plaisir. Lui-même, Paul, voyait pour la première fois de sa vie Sybil, à qui il avait toujours fait une cour inutile, lui-même voyait Sybil le voir et voyait qu'elle le regardait mieux. Il finit par en balbutier sous l'élan d'un désir qu'il croyait parfaitement éteint, à force d'échecs, et dont elle finit par se rendre compte aussi tant il ressemblait à celui d'un collégien. Ils échangèrent, très vite et très bas, des numéros de téléphone qu'ils connaissaient tous les deux par cœur, et se quittèrent en se serrant la main et en se bousculant maladroitement comme des étrangers. Eux qui se connaissaient depuis plus de vingt-cinq ans, se rendirent au bar le plus proche du Lotti dans deux directions opposées, pour y boire quelque chose de fort.

L'interview avec John Kirk fut pour Sybil encore plus cauchemardesque qu'elle ne l'avait craint, car, pour une fois, elle n'écouta pas un mot de ce qu'on lui disait. Elle disposait pourtant d'une conscience professionnelle tout à fait soumise à ses devoirs. Cette rencontre, qui aurait pu en toute autre circonstance avoir des conséquences, n'en eut aucune, car les événements se précipitèrent, et Paul n'y avait aucune part. Néanmoins, cela eût dû alerter Sybil plus profondément que cela ne l'amusa. C'était la première fois, depuis qu'elle aimait François, qu'un homme la troublait, et de surcroît, un vieil ami sur lequel elle était profondément désabusée. C'était la première fois qu'un homme la troublait, la laissant une heure incapable de penser à autre chose qu'à lui. De même, le récit tout à fait amusant et humoristique qu'elle fit le soir, à François, de ce coup de foudre à retardement aurait dû, lui aussi, l'alarmer. Il ne servit qu'à le rassurer, voire à alléger un peu une conscience déjà peu pesante. Tous deux en rirent beaucoup, car Sybil racontait fort bien, et ils devaient longtemps, l'un et l'autre, se rappeler ce fou rire, alors qu'ils traversaient la Seine, toutes vitres ouvertes, cheveux au vent, secoués sur leur siège dont l'un recouvrait une bombe.

Ils se quittèrent assez tôt, car on était à

Pâques, et les quelques membres de la famille de Sybil se retrouvaient chaque fois à Poitiers, dans la maison si douce et si lisse qu'y avait achetée leur père. C'était là que l'on se réfugiait quand une calamité imprévue survenait, ou un baptême, ou un mariage, ou un divorce. Pour François, qui n'avait pas l'ombre d'une famille ni d'un arbre derrière lui, c'était un privilège injuste que « La Feuillée ». La longue maison de campagne, dans un paysage rose et jaune, rappelait toujours à Sybil ses origines. (Bien qu'elle fût née à Prague.) C'était un lieu-dit à 250 kilomètres de Paris, à 200 de la mer, et qui les protégeait depuis l'enfance, elle et ses frères et ses cousins, elle et ses parents, car il n'y avait jamais eu un reflet déplaisant de Paris sur cette longue terre verte et sous ce ciel impénétrablement bleu. Aussi, quand en soulevant normalement sa valise, son frère aîné, Didier, tira du siège avant un paquet carré et plat, Sybil n'eut aucune surprise, sauf celle, brève, de reconnaître l'écriture de François, et encore... Il avait oublié ses papiers dans la voiture en pagaille, comme partout ailleurs dans l'appartement et dans les cafés. Il allait sûrement en avoir besoin et il faudrait les lui apporter au train le plus rapide, ou les lui envoyer par fax – y avait-il déjà un fax dans cet endroit paisible ? En tout cas, il était arrivé jusque-là, lui, François, si vif et si agité parfois, il était arrivé à se glisser jusqu'à ces marécages paisibles, au milieu des bêtes endormies dont les meuglements troublaient à peine le silence de la nuit.

Didier, le frère, portait sa valise et poussa le portail. Ils marchèrent tous deux du même pas sur le gravier de la cour. Elle tenait dans sa main gauche les papiers ramassés dans le noir, dans le fond de la Fiat. Ils arrivèrent aux lumières jaunes du salon et de l'entrée avec, comme toujours, cette impression de sécurité, d'habitude et de tendresse innocente que donnent les campagnes d'enfance. Si elle avait su et si elle l'avait su, Sybil aurait jeté ces feuilles par terre, les aurait déchirées, brûlées, piétinées, car elles détruisaient et allaient détruire longtemps, avec leur format si classique et leurs signes cabalistiques, elles allaient détruire tout le bonheur et l'impunité de cette maison de campagne.

Mais auparavant, il y eut des cris d'affection, des cris de reconnaissance, les plaisanteries douteuses des familles, des morceaux de gâteau gardés pour elle, et, une fois couchée dans le grand lit où elle avait toujours dormi seule, le bruit familier et inchangé des feuilles d'arbres grattant les volets. C'était un sempiternel duel que se livraient depuis toujours ces arbres et ces persiennes, scandé par les pattes des chiens sur le gravier, et plus loin, sur la route, à quelques kilomètres, la furtive détonation, noyée dans la brume, d'un klaxon attardé. Elle s'endormit assez vite, fatiguée par sa journée, son voyage, par les secousses de la Fiat, et elle hésita un instant à lire, ou pas, ces pages posées sur le bureau de sa chambre. Elle hésita tant que la paresse fut la plus forte; car il arrive souvent que la paresse montre plus de bonté et de tendresse pour nous que la force et la curiosité. Quoi qu'il en soit, Sybil s'endormit, le visage dans le creux du coude, le tout rêvant de François Rosset.

A la même heure, mais 250 kilomètres plus haut vers le nord, à Paris, le François de ses rêves était allongé devant une porte-fenêtre ouverte, sur un grand tapis persan, c'est-à-dire un tapis dont chaque point, chaque nuance, chaque encoche avaient été accomplis par un rude effort et par les mains d'une femme d'un autre siècle. Très beau tapis, dans les gris, les roses et les mauves, tapis hors de prix acheté grâce aux bénéfices hors de proportion accomplis par Helmut Vogel, mari défunt de la propriétaire du tapis. Celle-ci, allongée près de son amant, et grâce à la taille du bow-window, détaillait le nombre et la clarté des étoiles, pour une fois plus étincelantes et plus menaçantes qu'elles ne l'étaient en général au-dessus de cette ville. Le plus souvent, des fumées, des pollutions, des incidents quelconques de l'atmosphère empêchaient leur éclat souverain, et rappelaient encore à quelque passant la peur, l'admiration ou la passion qu'elles avaient suggérées à d'autres générations. Ce soir-là, elles étaient aussi belles que nombreuses, et touchantes, et François Rosset essayait en vain de mettre à la suite deux lignes de Victor Hugo apprises à l'école, sans que sa mémoire puisse faire l'effort nécessaire :

Et Ruth se demandait...
Ouvrant l'œil à demi immobile...
Quel Dieu, quel moissonneur de l'éternel
[été
Avait en s'en allant négligemment jeté
Cette faucille d'or dans le champ des étoiles

Il y a une heure, un instant – le même – où beaucoup d'humains cèdent aux séductions des étoiles. Ils lèvent la tête, la renversent pour les regarder. En août surtout, où elles pleuvent sans cesse, où il fait chaud, où toute la terre est odorante, et où des gens renseignés les appellent « météorites », s'étonnant presque le matin de ne pas en trouver les formes inscrites ou les éclats dans leurs prés. Ce mélange de fausse science et de maigre poésie avait toujours ravi l'esprit de

François, et il s'amusait de ce que la femme allongée près de lui, cette Mouna si tranquille et si douce, ne s'étonnât pas plus de leurs trajectoires si irraisonnables au-dessus de sa tête. L'une des étoiles coupa le ciel étourdiment en deux, entre les Invalides et Montmartre, et vint s'éteindre dans un brillant sursaut. Il se retourna vers Mouna, sur un coude, dans la demi-obscurité offerte par la lampe si belle posée près d'eux : elle avait un profil un peu irréaliste, un profil de cinéma 1944 auquel il avait essayé, en vain, d'ailleurs, de donner un qualificatif. Il ne pensait jamais à son âge, mais plutôt à tout ce qui avait entouré cet âge ; et qui (curieusement) lui apparaissait plus comme un avantage que comme une perte.

– Ça ne te fait pas peur, demanda-t-il, tout ça ? Les étoiles qui montent, qui tombent, qui se lèvent ?...

– Mais ce sont toujours les mêmes, dit-elle. Il y en a qui meurent, je sais, qui s'éteignent, mais les autres sont là depuis toujours, ce sont les nôtres, ou presque...

Il battit des cils, se remit sur le dos avec un

petit rire intérieur. C'était bien un réflexe de femme que d'être rassurée parce que la même chose semblait vous appartenir, semblait être la même, semblait immuable. Il y avait pourtant tellement de mariages qui craquaient à cause de ces impressions, il y avait tellement de vies qui culbutaient dans l'ennui, la folie ou le désordre à cause d'elles. Il y avait des artistes qui avaient fait leur œuvre sur cette impossibilité à supporter ces mêmes impressions : Schumann... et qui d'autre ?... Il n'allait pas se livrer à un cours de littérature ce soir... Il baissa les yeux. Ils avaient tous les deux des pantalons légers, les pieds nus et un verre près de leur main, tandis que la vitre ouverte leur offrait tous les spectacles d'un firmament semblable, sans doute, à celui d'un autre monde. Tout lui paraissait admissible en fait, ce soir, tout sauf la fameuse contraction du temps qui vous fait prendre votre passé pour un présent, ou votre futur pour un oublié. Il n'avait pas envie, il n'avait jamais eu envie de parler de cela, de ces dérapages de l'esprit, à une seule femme, et parfois il se demandait si ce n'était pas chez lui un signe de bêtise machiste.

Il se rabattit sur Mouna, son épaule, de sa bouche chercha sa gorge, et ce parfum, ce parfum si ténébreux sur cette femme si inoffensive. Il était plus de minuit. A cette heure-ci, Sybil devait dormir tranquillement dans la grande chambre d'enfant où il avait eu, un jour, le privilège de jeter un œil. Elle-même devait l'imaginer en travers de leur lit, boulevard du Montparnasse, entre les deux cours silencieuses. Et pourtant, il n'y avait aucun mensonge, pour lui, dans ces deux visions. Elles n'étaient pas opposées, elles n'étaient que séparées.

– Quel est ce chandail ? demanda-t-il.

Le chandail gris-bleu de Mouna avait l'air d'être en plumes d'oiseau, en fleurs de pissenlit, en cheveux de chat, une matière en tout cas si légère qu'il ne la connaissait pas.

– C'est du ?..., dit-elle. Je ne sais pas de quoi c'est fait.

– Ça vaut une fortune ?

– Oh oui !

Et il changea de sujet ensuite, car c'était la

seule façon, donc, de lui parler de Sybil : en se renseignant sur les moyens de lui faire plaisir. « Un Swann au petit pied », se disait-il de lui-même.

Le bruit clair de la carafe heurtant un verre brisa l'interminable, l'angoissant dialogue, le ressac du piano et du violoncelle se disputant Beethoven. Il y avait des dizaines de disques chez Mouna, beaucoup d'opéras (car elle aurait voulu être chanteuse d'opéra), beaucoup de musique classique, dont un ou deux disques pas ouverts, quelques Chopin, quelques Strauss, apparemment familiers, et de vieilles opérettes que Mouna semblait cacher autant que lui les recherchait. Des valses, des polkas, des bals, des musiques à la fois sages et équivoques, et enlevées ou languissantes, ces musiques toujours possibles sur un autre tempo.

Un vent froid, inattendu, glissa sur le tapis, fit frissonner Mouna contre lui. De la main dans son dos, il ramena le fameux pull-over et le lui posa sur les épaules, mais il savait que ce geste était vain. Il y avait longtemps qu'elle avait froid : trop longtemps que l'alcool, seul, la réchauffait. L'alcool ou lui, de temps en temps, peut-être. Elle vivait ou respirait ailleurs, même si elle l'aimait, lui, plus que prévu. Mouna... pauvre Mouna, introduite d'un pas empesé par un mauvais metteur en scène dans la comédie de l'existence. Mouna qui avait voulu aimer, boire et chanter, comme dans les œuvres de Strauss, et qui se retrouvait seule avec l'alcool, comme il faut, et néanmoins éprise de lui sans vraie raison. Et il lui avait fallu tout ce temps, à lui, pour s'en rendre compte ! Peut-être parce qu'ils ne s'étaient pas menti, ni joué la comédie, ni rien fait croire. Ils s'étaient plu, en fait, sans même se l'imaginer ou se le dire, parce qu'elle ne lui avait jamais rien demandé, sinon de collaborer à cette pièce qui appartenait à une autre, tout comme lui-même. Et pourtant, il se sentait incapable de lui dire, ou même de croire, que c'était fini. Comment dire « c'est fini » de quelque chose qui n'a jamais été prévu pour durer, ni même jamais commencé ? C'était peut-être là le grand luxe, le grand charme, la seule possibilité, et en même temps le vrai naturel de leur histoire que cette incapacité de l'un et de l'autre à se parler au futur, même une seule fois. Ni les vacances, ni les voyages, ni les projets n'avaient jamais été suggérés par aucun des deux. Leur seul avenir était celui, si flottant, d'une histoire de théâtre qui ne leur appartenait pas, et ne leur appartiendrait, à priori, jamais. C'était pourtant la seule chose concrète dont ils parlaient ensemble : en politique, elle l'écoutait – en poésie, elle le recoupait – elle n'avait délibérément pas plus de mémoire que lui. Il était bizarre qu'ils ne soient pas déjà morts d'ennui, mais curieusement, le présent immédiat et le naturel établissaient entre eux des liens mi-familiaux, mi-sensuels, une habitude de non-habitudes dont elle était la seule capable parmi toutes les femmes qu'il avait connues. Et peut-être, d'abord et surtout, l'alcool et ses liens desserrés maintenaient-ils la distance que réclamait leur cœur. Ah, c'était facile, c'était commode de résumer Mouna à une tendance aussi répandue, aussi distraitement dissimulée et aussi naturelle, cette absence de toute réclamation, de tout amour et de tout appel, même s'il lui arrivait à lui, François, de les guetter, de guetter une heure durant sur ce visage, marqué et puéril, la souffrance et le manque ; et même si l'heure se passait toujours en vain !

Et il y avait cet apprêt aussi, cette élégance perpétuelle, ces soins minutieux d'elle-même vis-à-vis de son regard à lui, et dont il se sentait à la fois responsable, respectueux et comblé. Il murmura : « Tu te sens bien ?... », mais sans espoir, et il changea le disque d'une simple pression, sans même regarder ce qu'il mettait à la place. Il n'aimait pas pourtant accélérer les plaisirs, quels qu'ils soient : il aimait bien reconnaître une musique aux premières notes, attendre les notes suivantes, et parfois supporter trois minutes qui ne le captivaient pas, tant l'attendait, déjà, plus loin, un re-départ de son attention et de son plaisir. Il était trop paresseux, il n'aimait pas certains de ces moments soulignés dans l'art ou dans la vie, comme des certitudes obligées. Il était trop paresseux, ou trop emballé au contraire.

– Non..., dit la voix ensommeillée sur son

épaule, dans le noir, au premier plan de la floraison, l'exultation d'étoiles, de lumières et d'éclats urbains, là-bas, dans le ciel de Paris. Non, je ne me sens pas très bien. J'ai trop bu, et j'ai vécu trop longtemps, et je...

– ... Tu ne m'aimes pas assez, dit-il pour l'empêcher de s'humilier, ce que pour la première fois il la sentait prête à faire.

– ... Oh si ! dit-elle, toujours un peu essoufflée. Cela a commencé dans le couloir, tu sais, où tu t'étais arrêté avec Sybil ? Et tu étais penché sur elle, toi si décidé, et elle si belle, si livrée à toi... Aussi... depuis, je t'ai aimé un peu plus chaque jour, tu le sais...

Mais il ne l'écoutait pas, ne l'entendait pas. Il était pris par une étrange et sinueuse crampe musculaire, à la hauteur de l'oreille, qui semblait tirer sa tête à gauche, son cœur de l'autre côté. Et il entendait une voix dire en lui : « Sybil... Mon Dieu, qu'ai-je fait ?... J'ai perdu Sybil... Je l'ai perdue !... Qu'ai-je fait pour perdre Sybil qui m'aimait ?... »

Comme s'il l'avait su...

CHAPITRE XIV

Le premier acte commençait par la même phrase, qu'elle se rappelait exactement : « Que fais-tu à cette heure-ci, dans ces champs si vides ? Tu cherches quelqu'un ? Ou justement tu ne cherches personne ? » Voilà. Tout le reste était différent et proche, et pouvait faire rire ou gémir. Ce crétin qui, dès l'aube, déambulait sur ses terres sans savoir ce qu'il y cherchait, était bien le même héros que lui avait légué, de sa Prague natale, le jeune Anton.

Malheureusement, il avait continué sa pièce d'une manière émouvante et cocasse, mais sans la finir, et il la lui avait léguée, à elle, Sybil, pour qu'elle en traduise l'émotion. Un troisième larron, un autre, l'avait rendue drôle et très efficace ; et ce quelqu'un était son amant, son proche, son féal, son ami, son frère, son bien-aimé et protecteur, son démon et son guide, son plaisir et son souci; et ainsi ce quelqu'un était devenu pour elle l'opposé de ce qu'elle avait toujours cru et rêvé de lui. Les larmes n'allaient pas bien à Sybil Delrey. Pourtant elle continua, appuyée à sa fenêtre, à lire et à relire en pleurant le texte traduit du hongrois qui lui avait été légué. Elle tournait les pages lentement, et de temps en temps ses larmes diluaient un mot ou deux; pire, elles tombèrent sur des remarques écrites au crayon rouge, en travers de la traduction, par une main de femme très évidemment, une main de femme que Sybil aurait pu dessiner de mémoire et qu'elle savait être celle de Mouna Vogel. C'était chez elle, donc, qu'il avait passé ses récents après-midi mystérieux, enfoui dans son lit ou enfoui dans ses pages – ce qui était bien pareil, c'est même pire, les pages, pour un homme qui aime la littérature. Mouna Vogel... c'était bien le nom de cette femme dont il y aurait eu quelque vulgarité à évoquer d'abord l'âge.

D'ailleurs, la question n'était en aucune façon les agissements de Mouna Vogel, c'était ceux de François. François avec qui Sybil vivait depuis, semblait-il, qu'elle aimait les hommes, ou la vie, ou le métro, ou la nature, ou Paris, ou la littérature.

Sybil sentit la vie s'arrêter d'une certaine façon, d'une façon qui la vieillissait à jamais et la laissait comme une pauvresse, ou une psychopathe, en tout cas comme une de ces femmes malheureuses comme elle en connaissait tant à Paris, une de ces femmes de travers, une Nancy sans honnêteté, une femme sans affection, une arriviste, peut-être, ou une intriguante, ou une femme soucieuse de réussite, ce qu'elle n'avait jamais été ni jamais cru être un instant, grâce à ou à cause de François et du séduisant danger qu'il faisait peser perpétuellement sur sa tête. Oh ! il ne s'agissait plus de récupérer François, même s'il y avait un style de François qu'elle pouvait toujours récupérer... Mais c'était l'autre qu'elle avait aimé. Et il n'avait pas de double, celui-là.

Non, il n'y aurait pas de double soirée

pour ce spectacle, il n'y aurait pas la version drôle et la version triste de la pièce d'un jeune Tchèque inconnu. Il n'y aurait même pas le duo, l'admiratif et le satirique de la critique devant les deux versions opposées d'une même histoire. Elle allait renvoyer la pièce à un ami hongrois qui, sur place, en ferait ce qu'il voudrait, et sans doute pas un vaudeville. Elle-même n'y toucherait plus. Sybil se mit à pleurer et à se mordre les doigts contre l'appui de la fenêtre, comme à quinze ans.

Il téléphona trois fois à la maison de campagne, comprit à sa réplique que Sybil avait lu son adaptation, et comprit brusquement où étaient passées les maudites corrections et la chemise. Il se revit calant les feuilles sous le siège, soucieux de sa propre distraction et se jurant d'y penser le lendemain matin, car il avait des revues sur les bras, des vêtements repris chez le teinturier à la demande de Sybil, et quelques objets ramassés au garage. Il était tellement chargé, se rappela-t-il avec consternation et une sorte de compassion envers lui-même. Il n'était qu'un malheureux bipède, après tout ! Mais en même temps, lui à qui Berthomieux, enthousiaste, avait proposé d'organiser un dîner dans la semaine avec Sybil, et lui qui l'avait envisagé avec optimisme, lui qui s'était « vu » dans une soirée, comme dans un de ces feuilletons imbéciles d'optimisme montrés à la télévision, lui qui s'était vu, donc, tendre en souriant le nouveau manuscrit, enfin impeccable, et demander à Sybil : « Tu ne veux pas lire ces quelques lignes de ma main, et me dire ce que tu en penses ?... » « Parce que j'ai fait ça au lieu de travailler à ma maison d'édition, nous avons acheté la voiture et remboursé quelques dettes, grâce aux travaux mystérieux que je faisais chez la codirectrice du théâtre, et parfois dans son lit, même. » Ah, quel imbécile, quel prétentieux imbécile il pouvait être !...

Il se rappelait avoir acheté des cadeaux exorbitants et minuscules pour Mouna, par gêne, par scrupule, presque par sens de l'honneur. « Non, ça, du moins, Sybil ne le savait pas ! Elle ne pouvait pas savoir pour Mouna... » Il respira, il tenta de se dire « je respire », mais il n'y parvint pas mieux. C'était le menteur, le simulateur, le mauvais compagnon, le manipulateur et le complice d'inconnus que Sybil méprisait déjà en lui... Et même si c'était, au départ, pour lui acheter une Fiat dont elle avait envie, cela n'y changeait rien.

Elle revint avec quatre jours de retard, sans prévenir, et il la trouva à la maison, boulevard du Montparnasse, la maison qui avait pris un air abandonné inexplicable en si peu de temps. François ne s'y supportait pas. Il venait à l'heure habituelle, vers dix-sept, dix-neuf heures, et attendait, allongé sur son lit, jusqu'à l'heure qu'il jugeait impossible pour son retour. Vers minuit, il repartait chez Mouna, avec qui il était devenu et resté d'une grande douceur, un peu apathique, pas vraiment dans le sens où il lui faisait l'amour chaque soir, même si lui murmurait : « Chut-chut... », de temps en temps, comme si elle avait dit quelque chose ou eût été sur le point de le faire. Mais elle ne disait rien. Elle-même rentrait chez elle vers six heures du soir, l'attendait aussi, immobile, devant la télévision, en compagnie de carafes différentes et de Kurt présent dans la cuisine. Il ne la trouva vraiment ivre qu'une fois, mais elle s'était réfugiée dans sa propre chambre, et il dut dormir seul dans la chambre aux pigeons, en travers du lit. Il lui semblait qu'il se passait énormément de choses, que bien des décisions étaient prises immuablement, mais qu'il n'y était pour rien, pas plus que Mouna, ni même que sa belle Sybil, là-bas, dans sa campagne. Paris était radieux ou pluvieux, au hasard de l'automne.

Quand il la retrouva à la maison, le quatrième jour, il vit d'abord la Fiat, et en fut stupéfait, comme si la voiture eût dû disparaître. Pour une fois il avait rendez-vous dehors avec Mouna, à dîner, et il lui sembla tout d'abord être pris au piège. Enfin il entra, vit Sybil, debout, qui rangeait ses vêtements, et se rappela aussitôt qu'il n'avait jamais vraiment aimé qu'elle, comme une évidence un peu répétitive mais d'autant plus sûre. En même temps, ses cauchemars, ses visions d'une vie sans elle, ces quatre derniers jours, lui parurent autant de délires, de malheurs illusoires. Il la voyait si bien... il la connaissait si bien : l'expression de ses yeux, la petite encoche près de la tempe, ce corps élancé et vif, les lèvres si chaudes, si fraîches, la vigueur du cou, tout ce qui était à lui, qu'il avait conquis, défendu, gardé et protégé depuis presque toute sa vie et, lui semblait-il, en tout cas pour toute la vie.

Il fit un pas vers elle, mais elle resta immobile. « Belle, vraiment belle, se dit-il, vraiment sienne. » En même temps, l'idée que leur passé, les instants partagés, leur amour si tendre, si violent, puissent être anéantis ou dégradés par quoi que ce soit, événement ou être humain, devint si cruel, si invraisemblable, qu'il en fut rassuré une seconde. Il lui sourit bêtement, tendit la main, et la laissa retomber.

Elle était tellement habituée à tout prendre au mieux chez lui, à tout tourner en sa faveur, à tout arranger pour lui, que comme chez certaines femmes son chagrin lui fit l'effet d'une justice, avec tous les droits et les férocités de la justice. Elle se plaisait tout à coup à le mépriser, à le haïr, à rendre supportable, logique, cette séparation qu'elle voyait inexorable. Il se voyait trompeur, et elle le trouvait lâche. Il est très grave de se tromper sur le grief de l'autre. Elle avait oublié Mouna, elle ne pensait qu'à Anton et à cette pièce, à ces gens de théâtre embusqués avec lui pour la tromper et trahir le texte d'un mort. Elle cherchait un drame, car elle en vivait un dont le vrai nom était chagrin ou déception. Elle n'avait rien à voir avec cette histoire de tromperie, de vaudeville qui les rabaissait, qui le rabaissait en tout cas, peut-être à cause de l'âge de Mouna, et sans qu'elle y pensât. Tandis que pour lui, Mouna était l'objet du délit, de son propre désir, de ses mensonges, et du danger bref, comme peut l'être toute rivale.

Seulement pour Sybil, qui ne pouvait pas craindre une femme de près de vingt ans de plus qu'elle, c'était clairement une manœuvre de plus de François, une manière d'obtenir l'appui de cette pauvre femme dont aucune autre femme ne pouvait, en tant que femme, comprendre l'attrait. Elle la plaignait presque, bien plus qu'elle ne la redoutait. Et quand François lui dit : « Mais tu sais, je n'aime que toi... Je n'ai jamais aimé que toi... », pour une fois la sexualité et la fidélité parurent beaucoup moins importantes à Sybil qu'à lui-même. Elle le regarda avec agacement et condescendance. Bien sûr qu'il n'aimait qu'elle ! Elle, Sybil, mais aussi l'argent et le pouvoir, et le succès, et toutes les compromissions que cela entraînait dans un certain milieu qu'ils avaient toujours fui. C'est sur un malentendu qu'ils se quittèrent, comme ç'avait été sur un malentendu qu'ils avaient commencé à se séparer, un an plus tôt.

Elle faisait ses bagages, il eut le temps d'ouvrir un tiroir, de lui montrer le contrat qui lui donnait la maison et de lui dire : « Tu es chez toi », d'une voix hachée. En temps ordinaire, elle aurait hésité, mais là elle se dit seulement qu'il saurait où se retourner. « Sybil... », dit-il, et elle le regarda partir, les yeux inondés de larmes. Mais ce n'était plus le même qui regardait la même. Il fila en trébuchant.

Un peu plus tard, il téléphona à Mouna et lui dit qu'il ne se sentait pas bien mais qu'il passerait la voir le lendemain. La nuit fut affreuse pour lui, dans un hôtel minable près des Champs-Élysées. Il passait et repassait leur histoire, leur absence d'histoire, dans sa tête, sans rien pouvoir en tirer, ni pour, ni contre lui-même, ni pour, ni contre Mouna, ni pour, ni contre Sybil.

Il était à l'heure prévue chez Mouna. Il y trouva un mot d'elle, lui disant qu'elle n'était pas susceptible de l'aider en ce moment, qu'elle devait aller se reposer et faire sa cure thermale dans une province allemande qu'il ne connaissait pas, et qu'ils se verraient au retour, s'il voulait. Elle revenait vers le 20 mars, on était le 1er. Il avait tout le temps de l'oublier, ou de l'attendre, comme il avait tout le temps d'oublier ou d'attendre Sybil. En tout cas, tout le temps de souffrir.

Achevé d'imprimer en septembre 1998
sur les presses de l'Imprimerie Bussière
à Saint-Amand (Cher)

POCKET - 12, avenue d'Italie - 75627 Paris Cedex 13
Tél. : 01-44-16-05-00

— N° d'imp. 1891. —
Dépôt légal : septembre 1998.

Imprimé en France